登場人物

エル
アムス

アルノル
魔王を討
家系であ
ルグ勇爵
娘。完璧超人と評され、歴代の勇爵家の中でもひときわ優秀。勇爵家に伝わる聖剣を使えばほぼ無敵の実力を誇る。

ノルト・
クス・
ドラー

第七皇子。18歳。無能・サボり魔かつ遊び呆《ほう》けている放《ほう》蕩《とう》皇子であるため、「双子の弟であるレオナルトに全てを吸い取られた『出《で》涸《が》らし皇子』」とバカにされている。実際は無能ではなく、「強力な古代魔法を操るSS級冒険者・シルバー」として陰ながら帝国を守護している。

フィーネ・フォン・クライネルト

名門・クライネルト公爵家の娘。国一番の美女として皇帝から蒼い鷗の髪飾りを贈られた、通称"蒼鷗姫《ブラウ・メーヴェ》"。小柄な体に似合わずグラマー。芯の通った性格で、アルノルトに全幅の信頼を置いている。

リーゼロッテ・レークス・アードラー

第一皇女。25歳。東部国境守備軍を束ねる、皇族最強の帝国元帥。帝位争いには参加しないことを表明している。性格はマイペースで誰に対しても不敵な態度を崩さない、アルにとっては理不尽な姉。

Characters

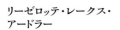

シャルロッテ・フォン・ローエンシュタイン

北部最有力の貴族“雷神”ローエンシュタイン公爵の孫娘で、アルの恩人の孫娘でもある虹彩異色の少女。彼女自身も高難度の雷魔法を操り、普段は明るく元気な一方でミツバと同じ謎の病を抱えている。

ミア

強力な魔弓を使う弓使いで、朱月《ヴァーミリオン》の騎士と呼ばれる藩国の義賊。アルに正体がバレた後は協力関係。お爺様の教えで、無理やり「ですわ」を付け加える口調で喋る。

ジャック

放浪の弓神と呼ばれるSS級冒険者。弓に関しては大陸一の実力を持つが、常にやる気が無い。妻と娘に逃げられ、女と酒に溺れたろくでなし中年。

マリアンヌ・フォン・コルニクス

藩国の王女。14歳。連合王国に人質として出向いていたため藩国の腐敗に染まっておらず、しっかりとした芯を持つ。国を変えるため、帝国への亡命を決意しミアに協力を要請する。

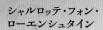

最強出涸らし皇子の暗躍帝位争い13

無能を演じるSSランク皇子は皇位継承戦を影から支配する

タンバ

角川スニーカー文庫

24113

Contents

目次

口絵・本文イラスト：夕薙

デザイン：atd inc.

皇族紹介

皇帝

† ヨハネス・レークス・アードラー

† ヴィルヘルム・レークス・アードラー

第一皇子。三年前に27歳で亡くなった皇太子。存命中は理想の皇太子として帝国中の期待を一身に受けており、その人気と実力から帝位争い自体が発生しなかった傑物。ヴィルヘルムの死が帝位争いの引き金となった。

† リーゼロッテ・レークス・アードラー

第一皇女。25歳。

東部国境守備軍を束ねる帝国元帥。皇族最強の姫将軍として周辺諸国から恐れられる。帝位争いには関与せず、誰が皇帝になっても元帥として仕えると宣言している。

† エリク・レークス・アードラー

第二皇子。28歳。

外務大臣を務める次期皇帝最有力候補の皇子。文官を支持基盤とする。冷徹でリアリスト。

† ザンドラ・レークス・アードラー

第二皇女。22歳。

禁術について研究している。魔導師を支持基盤とする。性格は皇族の中でも最も残忍。

† ゴードン・レークス・アードラー

第三皇子。26歳。

将軍職につく武闘派皇子。

武官を支持基盤とする。単純で直情的。

† トラウゴット・レークス・アードラー

第四皇子。25歳。

ダサい眼鏡が特徴の太った皇子。

文才がないのに文豪を目指している趣味人。

† 先々代皇帝
グスタフ・レークス・アードラー

アルノルトの曾祖父にあたる、先々代皇帝。皇帝位を息子に譲ったあと、古代魔法の研究に没頭し、その果てに帝都を混乱に陥れた"乱帝"。

† アムスベルグ勇爵家

五百年ほど前に大陸を震撼《しんかん》させた魔王を討伐した勇者の血筋。帝国貴族の中で最も上位の存在であり、皇帝にしか膝を折らない。勇爵家の中でも才あるものだけが、伝説の聖剣・極光《アウローラ》を召喚できる。帝国を守護することを自らの役割とし、基本的に政治には参加していない。

† ルーペルト・レークス・アードラー

第十皇子。10歳。
まだ幼く、帝位争いには参加していない。性格は気弱。

† クリスタ・レークス・アードラー

第三皇女。12歳。
ほとんど感情を表に出さず、アルやレオといった特定の人間にしか懐かない。

† ヘンリック・レークス・アードラー

第九皇子。16歳。
アルノルトを見下しており、レオナルトにはライバル心を燃やしている。

† レオナルト・レークス・アードラー

第八皇子。18歳。

† アルノルト・レークス・アードラー

第七皇子。18歳。

† コンラート・レークス・アードラー

第六皇子。21歳。
ゴードンの同母弟。直情的なゴードンの弟にも拘らず、性格はアルノルトに似ている。

† カルロス・レークス・アードラー

第五皇子。23歳。
優秀と評されたことも、無能と評されたこともない平凡な皇子。
しかし能力に反して夢見がちで英雄願望を持ち合わせている。

アードラシア帝国の皇帝。十三人の子供たちに帝位を争わせ、勝ち抜いた皇子に皇帝位を譲ろうとしている。広大な帝国を統治し、隙あらば領土を拡大してきた名君。

第一章　北部全権代官

Episode 1

1

レオがゴードンを討ってから二週間後。

帝都は喜びに沸いていた。

反乱者を討った英雄皇子が凱旋《がいせん》してきたからだ。

「レオナルト皇子ー‼」

「さすが英雄皇子だ！」

「我らがレオナルト皇子に乾杯‼」

帝都を混乱と絶望に落とした憎き反乱者・ゴードンを討ちとったレオの評価はうなぎ上りだった。

大歓声を受けながらレオとレオが率いる軍は帝都に入り、そのまま帝剣城へと入城したのだった。

レオが見えなくなっても歓声はやまない。

そんな歓声を聞きながらレオは帝剣城の最上階。

玉座の間にやってきていた。

「帰還のご挨拶に参りました。皇帝陛下」

「うむ、反乱者の征伐。ご苦労だったな」

「時間がかかってしまい、申し訳ありません」

「お前のせいではない。よくやった。お前を誇りに思うぞ、レオナルト」

「ありがたく」

短い会話のあと、皇帝ヨハネスは玉座に背を預ける。

形式的な挨拶はこれにて終わりということだ。

レオも伏せていた顔をあげる。

そして思わず苦笑する。

皇帝ヨハネスが明らかに不満顔をしていたからだ。

「さて……とりあえず聞きたいことがある」

「はい。何でしょうか？」

「ワシはお前とアルノルトの帰還を命じたはずだが？　なぜお前しか帰ってきていない？」

頰《ほお》を引きつらせるヨハネスに、レオは曖昧な笑みを浮かべる。

たしかに命令は両皇子の帰還だった。

しかし、帰ってきたのはレオのみ。

明確な命令違反だ。しかし、大事にはならない。

それだけの戦果があるからだ。

「それについては手紙を預かっております」

そう言ってレオは懐から手紙を取り出した。

アルが書いたものだ。

ヨハネスはさらに顔をしかめつつ、宰相経由でその手紙を受け取り、乱暴に開封した。

そこにはヨハネスが思った以上にちゃんとした文章が書かれていた。

『このような手紙でのご挨拶をお許しください、父上。俺はまだ帝都に戻るわけにはいかないのです。理由は北部が不安定であるからです。大黒柱であるローエンシュタイン公爵を失い、北部は戦勝よりも悲しみのほうが大きい状態です。彼らには支えが必要です。そのために俺は北部に留《とど》まります』

最初のほうの文章を読み、ヨハネスは鼻で笑う。

そんなことはヨハネスも重々承知の上だった。

元から北部貴族の信を集めたアルに対して、自らの名代として北部の維持を任せるつもりであったのだ。その任命を言い渡すために呼び出したのだ。

しかし、アルはそれを拒否した。

何か理由があるはずだとさらに手紙を読み進める。

『すでに報告を聞いておられるとは思いますが、ローエンシュタイン公爵は早くから俺に接触し、助言を与えてくれていました。時機を待っていたのです。北部貴族の忠誠は常に父上の傍《そば》にあります。俺の手柄はすべて彼らの手柄です。それを証明すると約束しました。俺の皇子の地位にかけて。彼らに褒賞を。そしてこれからは尊重することをお約束ください。それが果たされるまでこの場を動くことはありません。それが果たされたのなら、どのような命令でもお受けします』

ヨハネスはしかめっ面を少し緩めた。

アルの手紙はヨハネスへの脅しだった。北部貴族の信を勝ち取った皇子が北部にいるということは、第二のゴードンになりかねないということだ。

実際、ヨハネスが北部貴族を罰するようなことがあれば、アルは実力行使に出るだろう。帰ってこないということはそういうことだった。

しかし、ヨハネスはそれに対して顔をしかめることはしなかった。

「……ワシの失策の尻ぬぐいを息子がしてくれるそうだぞ。フランツ」

「北部貴族への冷遇は陛下がなされたことではありません。陛下はお止めにならなかっただけです」

「知っていて傍観し、止められるのに止めなかった。さぞやワシのことが憎かろう。在位中に関係の修復はできぬと思っていた。皇帝として臣下に頭は下げられぬ。自らの罪を認めればこの玉座が揺らぐからだ。それは帝国が揺らぐことを意味する」

しかし、今回のことできっかけができた。

アルではなく、北部貴族が戦功をあげたのだ。褒賞を与えることも、他の貴族へ釘《くぎ》をさすことも容易となった。

すでにヨハネスの下にはローエンシュタイン公爵がアルに宛てた手紙が届けられていた。

その真偽をヨハネスは問わなかった。

偽造などいくらでもできる。だが、北部貴族は最初から皇帝側であり、戦功をあげたという事実のほうが都合がよかった。


「この場で宣言しよう。此度《こたび》の北部貴族の活躍は目を見張る。第七皇子アルノルトを動かし、見事な戦功をあげた。後日、すべての北部貴族に褒賞を与える。彼らは英雄である。以後、彼らへの非難は功労者への非難であり、ひいてはワシへの非難である。決して許さん。すべての者に伝えよ」

そう宣言し、ヨハネスは手紙の裏側を見る。

そこには先ほどとは打って変わって砕けた字で文章が書かれていた。

『と、いうのは建前で、皇旗を無断で持ち出したのを怒られるのが嫌なので帰りません。国のためにしたことです。許す気になったら言ってください。そのうち帰ります』

「あの馬鹿息子め！　その件については絶対に許さんぞ！　一言断ってから行け！　帰ってきたら礼儀というものを叩《たた》き込んでやる!!」

思わず手紙を投げつけ、ヨハネスはそう叫ぶ。

何事かと宰相が手紙を拾い、さっと目を通す。

そして。

「しばらく帰る気はなさそうですな」

「癪《しゃく》だ！　腹が立つ！　あやつが北部にいることが国のためになるというのが余計にだ！　怒られたくないだけの癖に偉そうに！」

「まぁすべて織り込み済みでしょう。予定通りということでよいですな？」

「……仕方あるまい」

苦虫を噛《か》み潰《つぶ》したような顔をして、ヨハネスはそう絞り出す。

そして玉座から立ち上がり、この場にいる全ての人間に聞こえるように宣言した。

「第七皇子アルノルト・レークス・アードラーは北部貴族と協力し、大きな戦功をあげた！　その戦功の報酬に、我が名代として！〝北部全権代官〟に任命し、北部の統治を任せることとする」

「兄に代わってお礼申し上げます」

レオがそう口を開く。

そんなレオにヨハネスはため息を吐《つ》いた。

「たまにはアルノルトを引きずってくるくらいのことをしてもいいと思うが？」

「僕は兄さんには勝てませんので」

「まったく……しばらく英気を養え。王国側の戦線が膠着《こうちゃく》状態だ。軍を入れ替える。トラウゴットを呼び戻し、お前が王国側の戦を取り仕切れ」

「かしこまりました」

また前線行き。

それにレオは文句を言わない。

王国との戦争。自分の手で決着をつけねばと思っていたからだ。

「レオナルト……もしも王国側との戦争、良い形で終わらせることができたなら……お前の願い、叶《かな》えてやろう」

「ありがとうございます」

それは北部に出陣する際。

レオがヨハネスと二人きりで話したときにお願いしたこと。

聖女レティシアとの結婚を認めてほしいという願いだった。

しかし、あの時の状況はあまりに悪すぎた。

だからヨハネスは明確な答えを返さなかった。

しかし、今は違う。

王国側の主戦派は聖女レティシアを排除しようとした一派。それを打ち破ることができれば、聖女レティシアは王国の象徴に戻る。

帝国の英雄皇子と王国の聖女との結婚となれば、両国は新たな道を歩んでいける。

「全身全霊をかけてご期待にお応えします」

「あまり張り切りすぎるな。決着を急ぐ必要はない。お前のペースで頑張ればよい」

そう声をかけてヨハネスは玉座の間を去ったのだった。

2

帝国北部。

ツヴァイク侯爵領の中心・デュース。

そこで俺はレオを見送り、毎日寝て過ごしていた。

「もうお昼よ？　まだ寝てるの？」

俺に与えられた部屋にシャルが入ってくる。

暫定的にツヴァイク侯爵位を引き継いだシャルは、この内乱で被害を受けた北部のために日夜走り回っている。

実際、ゴードンが拠点とした北部の東側はかなりの被害を受けていた。

建物はもちろん、人的被害が大きい。

領主の一族は絶えてこそいないが、当時の領主は死んでいたり、負傷していたり。

さらにはその家臣たちも多くが命を落とした。ゴードンに仕えることを拒否したからだ。

人材も物資も不足している。

だからその相談でシャルの下には多くの人がやってくる。

今、一番北部で忙しい人間はシャルだろう。

「まだお昼だろ？　もうしばらく寝る」

「そう言って一日中寝てるじゃない……たまには手伝ってよ」

「俺に手伝えることはないさ。わかってるだろ？」

皇帝の帰還命令を無視して、俺は北部に留まっている。

精力的に動けば勢力を構築しているとみられかねない。

だから俺は決して動いてはいけない。

父上が何かしらの回答をするまでは。

「説明は受けたけど……それと一日寝ているのは別じゃない？」

「怠惰であるのが大事なんだよ」

「元からの気質でしょ？」

「どっちでも一緒だろ？」

ベッドで横になりながら答える。

父上を刺激しなければ何でもいい。

勘違いするとは思えないが、他の貴族が騒ぎ出す種を蒔《ま》く必要もない。

「ああ言えばこう言って……とにかく起きて」

「正直に言ったらどうだ？　自分が働いているのに俺が寝ているのは気に食わないって」

「ええ、そうよ。私はこんなに忙しいのに、日がな一日寝ている皇子を見るのが癪なの。だから起きて！」

そう言ってシャルは俺をベッドから引っ張り出す。

されるがまま俺はベッドから引っ張り出され、シャルに手を引かれて部屋を連れ出される。

連れていかれたのは食堂だった。

そこには食事が用意されていた。

「とりあえず昼食……あなたにとっては朝食ね」

「寝起きだから食えなそう……パンだけでいいや」

「不健康の極みね……そのうち病気にかかるわよ？」

「そしたら看病してくれ」

「本当に病気になったなら考えておくわ」

シャルにそう言われ、俺は肩をすくめながら席に座る。

そして近くにあったパンを手に取って、小さくちぎって口に入れる。

美味《おい》しい。

城で出てくる物より美味《うま》いかもしれない。

北部に留まって知ったことだが、北部の食い物は美味い。

戦争中は凝った料理は出てこないし、そもそも味わうという行為をしてなかったから気づかなかった。

けど、こうして穏やかな日々が続くと、そういうことに気づける。

「このパンを売り出せば北部は儲《もう》かるだろうに」

「無理よ。北部は冷遇されていたから、商人も寄り付かないの。まずは商人を呼びつけないとだけど、そのためにはお金が必要よ。けど、北部にはお金がないわ。再建にお金をつぎ込んでるから」

「商人ねぇ……」

何とかできそうな人は何人か思い当たる。

しかし、勝手に手紙を書いても迷惑だろう。

今の俺には権限はないのだから。

「そう言えばウィリアム王子は大陸を脱出したらしいよ」

「そうか。とはいえ、本国に戻ったら戻ったで難関が待ち構えているけどな」

ゴードン兄上を失った今、連合王国に勝ちの目はない。

連合王国はここらが潮時と考え、帝国との和平を考えるだろう。

だが、タダで和平してやるほど帝国は甘くない。

そのために生贄《いけにえ》が必要だ。

連合王国はすべての罪をウィリアムに着せるだろう。

ウィリアムは戦力を保持したまま本国に戻ったが、それでも王命には逆らえない。

どうするつもりなのか。それによって連合王国の未来も変わってくるだろう。

「なんだか気遣わしげな顔してるわ。ウィリアム王子が心配なの？」

「まぁな……ヘンリックもウィリアムについていっただろうし」

ゴードン兄上側についたヘンリックはウィリアムと共に藩国へ逃げ込んだのが確認されている。

あいつもまたこれからが大変だ。

どこにも居場所がない。ウィリアムはあいつをどうするつもりだろうか？

「裏切ったのに？　弟だから心配なの？」

「戦はもう終わった。連合王国が再度攻め入ってくることもないだろうし、残るのは後始末だ。心配くらいいいだろ？」

恨みで戦争をしていたわけじゃない。

やらなきゃいけないからやっただけのこと。

「怒ってないの？」

「怒りよりも呆《あき》れのほうが強い。馬鹿な奴《やつ》だなって」

ザンドラ姉上が反乱に加担し、ヘンリックの立場は危うかった。

だからゴードン兄上に付き従ったんだろうが、あの時ならまだ挽回《ばんかい》の目はあった。

目の前の絶望的な状況を見て、安易な道を行ってしまったあたりヘンリックらしい。

「ヘンリック皇子はレオナルト皇子をライバル視していたと聞くわ。ならあなたの言うことなんて聞くわけない。何とかできたとか思うのは不毛よ？」

「そうだな。もう終わったことだ」

心配もまた不毛。

俺にできることがあるならやればいい。

少なくとも今は何もできない。

そんなことを思っていると突然、セバスが現れた。

「アルノルト様」

「どうした？」

「皇帝陛下からの勅使が到着いたしました」

「やっとか……」

セバスの報告を受け、俺は大きく伸びをする。

だいぶ待ちくたびれた。

「大丈夫……？」

「心配するな。この状況下で俺と北部を敵に回すほど父上は愚かじゃない」

そう言って俺は立ち上がる。

そして勅使を出迎えるために屋敷の外へと向かうのだった。

屋敷の正門。

そこに馬車が到着していた。

皇帝の勅使を示す旗がつけられており、その周りには近衛《このえ》騎士が控える。

「お久しぶりです。アルノルト殿下」

「久しぶりだな、イネス隊長」

第十一騎士隊隊長のイネス・ラウク。

フィーネをギルド本部で護衛していた隊長だ。

君が思うほど久々ではないけどな、と心の中で呟《つぶや》きつつ、俺は馬車に目を向ける。

そこから予想通りの人物が現れた。

「お久しぶりです。アル様」

「久しぶりだな、フィーネ」

そこにいたのはフィーネだった。

その手には手紙が握られている。

「今回は皇帝陛下の勅使としてまいりました。個人的な手紙をお預かりしていますが、その前に勅命をそのままお伝えします」

そう言ってフィーネは柔らかく微笑《ほほえ》む。

そして。

「第七皇子アルノルト・レークス・アードラーは北部貴族と協力し、大きな戦功をあげた。その戦功の報酬に、我が名代として〝北部全権代官〟に任命し、北部の統治を任せることとする。私はその補佐を命じられました」

「拝命した。また忙しくなりそうだ。よろしく頼む」

「こちらこそ。それとこれが皇帝陛下からの手紙です。すぐに読むようにとのことです」

フィーネも中身を知らないいんだろう。

俺は乱暴に手紙を開ける。

どうせ説教だろう。

まったく、父上は懲りない人だ。説教で人が変わるなら俺はとうの昔に変わっている。

ましてや手紙だ。

これで懲りる俺じゃない。

「さてさて……」

俺は折りたたまれた手紙を取り出し、それを開く。

しかし、そこには説教は書かれていなかった。

思った以上に短い文章。

それは。

『藩国を攻略するため、リーゼロッテとエルナをお前の所に向かわせる。あとは任せた』

一度読んだあと、俺は二度、三度とその文章を確かめた。

しかし、文言は変わらない。

透かしたら別の文章が出てくるのではと透かして見ても何も浮かんでこない。

しばらく奮闘したあと、俺は一つの結論に達した。

「よし、逃げるぞ！　セバス」

「何事ですかな？」

「東と西からヤバい女が二人来る」

「ああ、なるほど。諦めるべきでしょうな。リーゼロッテ殿下はともかく、エルナ様からは逃げられません」

「やってみなくちゃわからないだろ！」

「過去に逃げ切れたことがありましたか？」

「昔の俺とは違う！」

「へぇ？　どう違うのかしら？」

声が空から降ってきた。

まさかと思っても視線を上にあげられない。

何もできずにいると、後ろで着地音がした。

「こっち向きなさい」

「あー、あー」

耳を覆って声を出して声をかき消す。

俺は何も気づいてないし、聞こえない。

だが、そんな俺を無理やり振り向かせ、エルナはニッコリと笑みを浮かべた。

「昔と違うところ見せてみなさいよ？　アル」

「イネス隊長、悪魔が来た。討伐してくれ」

「いえ、私はこのまま帝都に帰るので。殿下とフィーネ様の護衛はエルナ隊長が引き受けます」

「ご苦労様、イネス。今度お茶でもしましょう」

「うん。じゃあ、ほどほどにね」

そう言ってイネスたちは去っていく。

残されたのは俺とフィーネとエルナのみ。

「さてと……とりあえずどうして逃げようとしたのかしら？　私はわざわざ空を飛んで駆けつけたのに」

「余計なんだよなぁ……」

「何が余計よ！　アルだけじゃ危ないでしょ！」

「わかってんのか!?　父上がお前に俺の護衛を命じたのは、俺を困らせるためだ！　皇帝公認の厄介者って言われたんだぞ!?」

「アルがそう思ってるだけでしょ。北部全権代官なんて北部の王に任じられたも同然なのよ？　ほら、シャキッとしなさい。だらけてたら承知しないわよ」

「悪夢だ……これは悪夢だ……」

何が悪夢かって、この状況下にリーゼ姉上が加わるということだ。

今すぐにでも逃げ出したいが、襟首をエルナに掴《つか》まれているため逃げることもかなわない。

ズルズルと引きずられる俺を見て、フィーネがクスクスと笑うのだった。

3

「まずは北部全権代官のご就任、おめでとうございます。アル様」

「ああ、ありがとう。余計なおまけが付きすぎている気もするけどな」

純粋な笑顔でフィーネが告げた。

それに対して俺はエルナを横目で見ながら返す。

「なによ。私とリーゼロッテ様がおまけだって言うの？　むしろむせび泣いて感激してほしいわ」

「皇族最強の将軍と勇爵家の跡継ぎなんて戦力過多もいい所だ。北部にそれだけの戦力を集中させるのは、俺を試している証拠。俺は懸命に働いて、父上への忠誠を見せなきゃいけない。そうしなきゃ帝都の貴族たちが騒ぎ出しかねないからな。つまり、怠けられない」

「由々《ゆゆ》しき事態ですな。アルノルト様にとっては」

「まったくだ。適当に北部の復興を手伝うだけだと思っていたのに……北部の復興に加えて藩国侵攻への後方支援をやる羽目になるなんて……」

予定ではダラダラと北部の復興をやるつもりだった。

急速に復興するには手間がかかる。しかし、藩国侵攻の後方支援をするなら早めにある程度のところまで持っていく必要が出てくる。

厄介すぎると頭を抱えていると、部屋の扉がノックされた。

返事をするとシャルが入ってきた。

「失礼します」

「来たか、シャル。紹介しよう、第三近衛騎士隊長であるエルナ・フォン・アムスベルグと勅使として来たフィーネ・フォン・クライネルトだ。俺は北部全権代官に任じられた。どちらも護衛と補佐という形でこれから北部に留《とど》まる」

「勇爵家の神童と蒼鷗姫《ブラウ・メーヴェ》のお噂《うわさ》はかねがね聞いております。シャルロッテ・フォン・ローエンシュタインと申します」

「初めまして。こっちも噂は聞いてるわ。北部の新たな雷神。戦では大活躍だったそうね」

「初めまして、シャルロッテさん。あとでお伺いしようと思っていたんです。レオ様が陛下に掛け合い、正式にツヴァイク侯爵位の引き継ぎが許されました。どうぞ、これからはツヴァイク侯爵をお名乗りください」

「本当ですか!?　ありがとうございます！」

フィーネの言葉を受けて、シャルは嬉《うれ》しそうに笑った。

ローエンシュタイン公爵家は公爵の息子が引き継いだ。病弱ゆえ、不安は残るが次代への中継ぎとすれば問題ないだろう。

これで北部を支える貴族が固まった。

そこが固まらなければ何も始まらないしな。

「殿下のおかげです。お礼申し上げます」

「よせ。いつも通りでいい。君は臣下である前に友人だ」

「そういうわけには……北部全権代官ということはすべての貴族を統括するということです。私が接し方を変えないと示しがつきません」

「肩書きで判断しないって自分で言ったはずだが？　肩書きじゃ人は変わらない。君の前にいるのはここ数日、ベッドからろくに起き上がらなかった駄目人間であることには変わりないだろ？」

「へぇ？　そんな自堕落な生活してたんだ」

「見ろ。エルナは俺への態度を変えない。数少ない長所の一つだ。シャルも見習え」

「長所ならいくらでもあるわよ⁉　少ないみたいに言わないで！」

エルナが言い返してきて、それをフィーネがまぁまぁとなだめる。

それを見てシャルはクスリと笑った。

それでいいのだとわかったのだ。

「じゃあ……これからもよろしくね。アル」

「ああ、よろしく頼む」

いつぞや、アルと呼べと言ったら、恩を返せたら呼んであげると言われた。

結局、その後に呼ばれることはなかった。

シャルもまたここから新たな一歩を踏み出したんだろう。

嫌いな皇族を友人と認めて。

「さて、じゃあ仕事といくか。セバス、手紙を書くぞ」

「かしこまりました。用意いたします」

「シャル。俺の代わりに北部諸侯への手紙を書いてくれ。俺が北部全権代官に任命されたこと。北部復興に全力を注ぐことを伝えてくれればいい」

「わかったわ」

「フィーネ、エルナ。名前を借りるぞ？」

「どうぞ、好きに使っていいわよ」

「私も構いませんが……何に使うのでしょうか？」

「北部の東側は反乱軍の拠点となっていた。領地を失った貴族たちは大きな傷を抱えている。彼らには特別な配慮が必要だ。だから俺が直々に手紙を書く。勇爵家と蒼鷗姫の名は箔付《はくづ》けだ」

そう説明するとセバスが戻ってきた。

その手には多くの便箋が用意されていた。

シャルはそのうちの大部分を抱えると、自室で作業に当たるといって部屋を出ていった。

行動力があって助かる。

「仲いいのね？　愛称で呼び合うなんて」

「すごいだろ？　あのツヴァイク侯爵とローエンシュタイン公爵の孫娘と仲良くなったんだ。溢《あふ》れ出る自分の魅力が怖いと感じているところだ」

「さすがアル様です！」

「まぁ、それもそうね。今の皇族じゃアルぐらいしかできない芸当だわ」

北部の皇族嫌いは筋金入りだった。

その中でもローエンシュタイン公爵は筆頭だし、最も被害を受けたのはツヴァイク侯爵だ。

シャルはどちらの祖父も慕っていたわけだが、片方は皇族同士の争いに巻き込まれ、片方は心労によって亡くなった。

きっとシャルは生涯皇族というものが嫌いだろう。

それでも俺を友人と認めてくれた。

その功績だけは胸を張って誇れる。

「シャルはこれからの北部を支える柱だ。俺はその土台をつくる。わざわざ臨時の役職で北部の復興を任せたのは、父上も同じように考えているからだ。忙しくなる。二人にも手伝ってもらうぞ？」

「お任せください。微力ながらお力になります」

「できることはやるわ」

「そういうことなら早速頼み事がある」

俺は一枚の紙をエルナに渡した。

まっさらな紙だ。

怪訝《けげん》そうな表情をエルナが浮かべる。

「なによ？　これ」

「藩国を攻略するために必要な戦力と、最適な攻略ルートを探してくれ」

「私とリーゼロッテ様で藩国に乗り込むのが一番早そうだけど？」

「それ以外で頼む。フィーネはエルナの補佐をしてくれ」

「はい」

二人は任せられた仕事についてああでもない、こうでもないと言いながら部屋を出ていった。

残ったのはセバスのみ。

俺は一枚の紙を取り出して、手紙を書きだした。

宛先は北部貴族ではない。

「さすがに俺だけじゃリーゼ姉上は手に余るし……何よりあの人の人脈が必要だ」

「受けていただけるでしょうか？　お忙しい方です」

「来てもらうようにするさ。なんなら東部の騎士たちを率いて来てほしいくらいだ。どうせ、リーゼ姉上は少数で来る。東部国境を薄くするわけにはいかないからな。そうなると北部の戦力が使われる。それは避けたい。あの人なら一声かければ東部諸侯連合が出来上がる。あの人に借りのない東部貴族はいないからな」

俺からの要請となれば出陣もしやすいだろう。

あとはリーゼ姉上との仲次第だが……。

「まぁ、平気だろ。そのうち義兄上《あにうえ》と呼ぶ人だ」

そう言って俺は東部の公爵。

ユルゲンへ手紙を書いたのだった。

4

「よし、こんなもんか」

幾度かの試行錯誤の末。俺はユルゲンへの手紙を完成させた。

最初は回りくどい文章を書いた。できれば来てほしいとか、借りがあるはず、みたいな言葉を使ったが、どうしてもしっくりこなかった。

そもそも来てくれないと困るわけで、結局は色々大変だから助けてほしいという文章に落ち着くことになった。

「セバス。これを早馬でターレにいるフィンの下へ届けろ。同時に、グライスナー侯爵家の竜騎士団にはここへ来るように伝えろ」

「かしこまりました」

ぐずぐずしているとリーゼ姉上だけ来るという展開になりかねない。

リーゼ姉上にもきっと命令は届いているが、リーゼ姉上のことだから父上に返事を書いて、いくつかやり取りをしてから来るだろう。

戦力のこと、藩国との戦争のこと、その後のこと。聞くべきことはいくらでもある。

だが、来ないという選択肢はない。

藩国は皇太子の仇《かたき》。

リーゼ姉上にとって自分の手で始末をつけたい相手だ。他の者に任せることはしないだろうし、それがわかっているから父上もリーゼ姉上に任せようとしている。

「さて……北部貴族への手紙を書くか」

最近は寝てばかりいたせいか、手紙を一通書いただけで肩が凝る。

しかし、サボれるほどの余裕はまだ俺にはない。

適当に仕事をするために、今頑張ることとしよう。

そう気合をいれて俺は机に向かったのだった。

■■■

気合で北部貴族への手紙を書きあげた俺は、そのまま机の上に突っ伏した。

さすがに疲れた……。

「アル！　できたわよ！」

なんて思っているとエルナがノックもせずに部屋へ入ってきた。

もう足音で何となく察しがついていたけれど。

「そこに置いといてくれ」

「なに？　まさか手紙を書いただけで疲れたの？」

「そのまさかだが？」

「信じられないわ……世の中の働く人たちをもっと見習いなさいよ」

「人には人のペースがあるんだ。俺は手紙を書くのにも気を遣うんだよ。どこぞの誰かさんとは違ってな」

「どういう意味よ⁉」

「そのままだが？」

突っ伏した状態のまま喋《しゃべ》っていると、耳を引っ張って起き上がらされた。

地味に痛い。

「訂正しなさい」

「断る」

「あら？　そう？」

エルナはニコッと笑ってみせると俺の背後に回った。

その笑みに戦慄している間に、エルナの手が俺の肩に置かれた。

そして。

「痛い痛い⁉⁉　痛い！　痛いって言ってるだろ⁉」

「なかなか凝ってるわね～。もみほぐしてあげるわ！　感謝してもいいのよ？」

「ほぐしてない！　潰してる！　やめろ！　俺の肩がぁ！」

肩《かた》揉《も》みなんていう生易しいものじゃない。

肩潰しを食らった俺は悲鳴をあげる。

そんな俺の悲鳴を聞きつけ、シャルが慌てた様子で部屋に入ってきた。

「どうしたの!?」

「シャル……助け……」

「肩揉みをしてもらっておいて、被害者面しないでくれるかしら？」

「ぎゃぁぁぁぁぁ!!」

シャルに助けを求めようと手を伸ばしたのが気に入らなかったのか、エルナの手に力がこもる。

あまりの痛みに背中をそらせて、体をよじるがエルナの手は離れない。

そんな俺を見て、シャルが助け船を出してくれる。

「や、やりすぎでは？」

「いいのよ。これくらいで」

「でも……」

「甘やかすととことん手を抜くから、甘やかしちゃ駄目なのよ」

「……それでも痛がることはやめるべきかと」

エルナの言葉にシャルが言い返す。

二人の視線が交差する。

「知らないようなら教えておくわ。私はアルとは幼馴染《おさななじみ》なの。扱い方は誰よりも心得ているわ。口を出さないでくれる？」

「ああ、なるほど。幾度か殺されかけたという幼馴染ですか」

「なっ……!?　アル!?　何を話したのよ!?」

「事実しか話してない……」

「どうせ脚色したんでしょ!?　本当に死にかけたのは一度だけでしょ!?」

「一度だけ死にかけたら十分です！　少しは手加減しないとアルが壊れますよ！」

シャルがエルナに突っ込みながら、エルナの手を俺から引きはがそうとする。

だが、エルナの手はビクともしない。

「手を放してもらえるかしら？　マッサージの途中なの」

「勇爵家のご令嬢はご存じないかもしれませんが、世の中では相手が激しく痛がる行為はマッサージとは言わないんです」

「私が世間知らずとでも言いたいのかしら？」

「いえいえ。ただ、少々常識が足りてないのでは？　と思っているだけです」

エルナの手が俺の肩から離れた。

肩が無くなるかと思った。

無くなってないことを手で確認したあと、俺は恐る恐る後ろを振り返る。

そこではシャルとエルナが笑顔で睨《にら》み合っていた。ちょっと意味がわからないが、そうとしか表現できない。顔は笑顔だが、完全に一触即発の雰囲気だ。なんだか背中に嫌な汗が流れ始めた頃。

そっと部屋の扉が開かれた。

「紅茶の時間ですよ～」

部屋の張り詰めた雰囲気にそぐわない間延びした声。

そこには紅茶の一式を持ってきたフィーネの姿があった。

ピリピリした二人を気にした様子もなく、フィーネは紅茶を淹《い》れる準備を始めた。

「北部の茶葉は帝都で手に入る物とは少し違うんです。やはり産地が近いと茶葉も変わってきますね。甘いお茶菓子も用意したので休憩しましょう」

「あ、ああ……助かるよ」

「まったく……」

フィーネのマイペースさに毒気を抜かれたのか、先にエルナが俺から離れた。

フィーネの前でまで争おうとは思わないらしい。

エルナが引いたことで、シャルも一歩引く。

そしてその間にフィーネが人数分の紅茶を用意した。

「どうぞ、アル様」

「ありがとう。フィーネの紅茶を飲むのは久しぶりだな」

「そうですね。色々と忙しかったですからね」

これまでの出来事を忙しいと片付けるあたり、フィーネらしい。

俺に紅茶を渡したあと、フィーネはエルナにも紅茶を手渡す。

「エルナ様はすごいんですよ、アル様。素早く侵攻ルートを設定して、必要な戦力も割り出してしまいました。藩国の情報を持ってきた屋敷の方も目を丸くしていました」

「さすがに仕事が早いな」

「と、当然でしょ？　アルと一緒にしないで」

そう言いながらエルナがそっぽを向く。

褒められて嬉《うれ》しいんだろうな。

フィーネはそんなエルナを微笑《ほほえ》ましそうに見つめたあと、シャルに紅茶を手渡した。

「どうぞ」

「ありがとうございます」

「シャルロッテさんはローエンシュタイン公爵の孫娘だとか。私の父は幾度か公爵と戦場を共にした仲だそうで、個人的お付き合いがあったようです」

「そうなのですか？　初耳です。祖父はあまり自分のことは語らなかったので」

「優れた方は自分語りをしないものです。惜しい方を亡くしたと父も手紙で嘆いておりました。クライネルト公爵家は北部への支援に動いています。何か困りごとがあれば何でも言ってくださいね。全力で支援します」

「……感謝します。フィーネ様」

「いえ、当然のことですから。それと様付けはやめていただけませんか？　アル様を呼び捨てなのに私に様づけというのはおかしいでしょう？」

「ですが……」

「どうぞフィーネと気軽に呼んでください。私もシャルロッテさんのことをシャルさんとお呼びします。私たちが仲良くなれば、西部と北部で交流が生まれるでしょう。これも領地のためと思って」

そう言ってフィーネはウィンクし、シャルが自分の名前を呼ぶのを待った。

しばらく迷っていたシャルだが、領地のためというのに負けたのか、恐る恐る呟《つぶや》く。

「では……フィーネと呼ばせていただきます」

「敬語も結構です。アル様に接するようにしていただけると幸いです」

「……わかったわ。けど、同年代の女の子への接し方ってわからないの。周りにいなかったから……」

「本当ですか？　私もそうなんです。似た者同士ですね」

そう言ってフィーネはシャルと仲良く話し始めた。

シャルもフィーネとは喋りやすいらしく、肩の力を抜き始めていた。

雰囲気がぴりついたものではなくなったのを感じて、俺はホッと息を吐《つ》く。

本当にフィーネがいてくれて助かった。
あのままだったら喧嘩《けんか》に発展していたかもしれない。
シャルとエルナの喧嘩は洒落《しゃれ》にならない。
しかし……リーゼ姉上がいない状態でこれだ。
リーゼ姉上が来たら収拾がつかなくなるのは目に見えている。
やはりユルゲンには絶対に来てもらわないとだな。
そう決心しながら、俺は紅茶を飲むのだった。

5

帝剣城。
外から剣のように見えるこの城にはいくつも尖塔《せんとう》がある。
その中にはどうやってそこに入るのかわからない尖塔もある。
何度も改修を重ねた城ゆえ、秘密の通路が無数に存在するからだ。
帝都での反乱の際、いくつもの秘密の通路が使われて封鎖された。
だが、そんな作業の中でも気づかれない通路があった。
なぜなら文字通り皇帝しか知らない通路だったからだ。
通常のルートでは決してたどり着けない尖塔。

そこへの秘密の通路。

その入口は玉座の間の近くにある皇帝ヨハネスの私室にあった。

「ここに人を連れてくるのは初めてだ」

「ときおりどこかに行っていると思ったら、こんなところに隠れ家があったのですね」

通路を歩くヨハネスの後ろにはミツバの姿があった。

わざわざヨハネスが呼び出したのだ。

「ここだ」

ヨハネスはそう言って立ち止まる。

そこはどう見ても行き止まりのようにしか見えなかった。

しかし、ヨハネスが手をかざした瞬間、そこに扉が浮かび上がったのだった。

そしてヨハネスはその扉を開けた。

ヨハネスの後に続いたミツバは、すぐに寒さを感じた。

そこは氷室だった。

帝剣城の中になぜ氷室が？　と疑問を抱いたが、すぐにそれは解けた。

その氷室の中央には氷の棺《ひつぎ》があった。

透明なその棺には一人の人物が眠っていた。

「アメリア……」

長い金髪の美女。

穏やかな顔で眠っている。

皇帝の寵姫《ちょうき》にして、リーゼロッテとクリスタの実母。

第二妃アメリア・レークス・アードラーがそこにはいた。

「形式的には墓を作ったが、どうしても傍《そば》にいてほしかった。死に不審しかなかったというのも理由の一つだがな」

「……リーゼに聞いた話ではアメリアはズーザンの仕掛けた呪いを自らに集中させたとか。ズーザンが仕掛けた呪いだと、アメリアがわかっていたかどうかはともかく。その話が本当ならばアメリアは自ら命を危険に晒《さら》したことになります」

「ワシには何も言わなかった。帝国のために自らを犠牲にしたのではと思った日もあった。だが、どうしても納得がいかぬ。ズーザンの奸計《かんけい》に気づいたならばワシに言えばいいだけのこと。自らの命をどうして危険に晒す？」

「死ぬとは思わなかったというのは考えづらいでしょうね。アメリアは確かな魔法の知識を持っていましたから。不可解な行動ですが、やらなければいけないことだったのでは？」

「ワシもそう思う。だが、やらなければいけないこととはなんだ？　自らを殺すことか？」

ズーザンの呪いをどうにかするためというなら、他にもいくらでもやりようがある。

何か行動に意味があるとするなら、アメリアの死が必要だったからとしか思えない。

「アメリアが死んだところで帝位争いに大した影響はありません。自ら死んで、リーゼロッテとクリスタを守ろうとしたとしても、ズーザンがいる以上は解決にはなりません。私たちの知らない理由があったのでしょう」

「その理由をずっと探していた。しかしワシだけでは答えが出ない」

「私とて一緒です」

「そうだろう。だが、アメリアは死の前に手紙を書いていた。ワシ宛てだ」

「初耳です。どうして隠していたのですか？」

「内容が内容だからだ。文章自体は短い。そこには〝ミツバ以外の妃《きさき》は信じてはいけない〟と書かれていた」

　意外な内容にミツバは棺の中のアメリアを見た。

　アメリアとミツバは生前とても仲が良かった。性格的に似ていたわけではないが、どうも波長があっていたのだ。

　そんなアメリアだから、ミツバのために手紙を残しても不思議ではない。

　だが。

「つまりそれは遺書ということです。死ぬとわかっていてアメリアは行動に移した。その上でズーザンだけではなく、他の妃への警告も出していた。不可解ですね」

「そうだな。ワシの長年の謎だ。しかし、アメリアは意味のないことはしまい。だから表面上は公平に接するようにして、ワシは妃たちから距離を取った。結局はそれが仇《あだ》になりつつあるがな」

　ズーザンにしろ、ゾフィーアにしろ、ヨハネスとの溝があった。

それが子供たちにも波及し、帝位争いを過激化させることになった。

ヨハネスと妃たちの間に確かな絆《きずな》があれば、反乱などという愚かな行為にまでは至らなかったかもしれない。

後宮から距離を取ったツケがヨハネスを襲ったのだ。

だが、理由なく距離を取ったわけではない。

「なぜ私だけは信じていいのでしょうか？　アメリアの行動を知ると、まるで自らを信じられなかったかのように思えます。だからこそ、自らの命を絶った？」

「わからぬ。詳しいことは何も。しかし、おかしなことは最近頻発しておる。ザンドラにせよ、ゴードンにせよ、反乱まで起こすほど愚かではなかった」

「……帝位争いが起きてから人が変わったと噂《うわさ》されていましたね」

「そうだ。権力は人を狂わす。玉座の魔力が変えてしまったのだと思っていた。だが、レオナルトが言っていた。最期の瞬間、ゴードンは昔のゴードンのようだったと……」

ヨハネスが顔をしかめたのを見て、ミツバは視線を伏せる。

通常、皇帝は子供に過剰な愛は注がない。

しかし、ヨハネスは違った。どの子供も愛していた。

帝位争いとなれば辛《つら》い思いをするだけだとわかっていても。

冷たく接することはなかった。

数年前まではそれでよかった。帝位争いは起きないと誰もが思っていたからだ。

皇太子となった第一皇子ヴィルヘルムが完璧だったからだ。

ゆえにヨハネスは歴代の皇帝の中でも辛い立ち位置にいた。

愛する子どもたちの帝位争いを見なくてはいけないからだ。

「陛下……陛下はザンドラとゴードンが変わったのには何か訳があるとお考えですか？」

「無論だ。アメリアは自ら死を選んだ。なぜなのか？　もしも自分が変わってしまうと察したのなら……多くのことに辻褄《つじつま》が合う」

「そうだとしても、他者の人格を変える魔法など聞いたことはありません」

「ワシもない。だが、そんなものがあったとしたら？　アメリアは自らが変わる前に自らを裁いた。アメリアならばありえる話だ」

ミツバはヨハネスの話を聞きながら、静かにため息を吐いた。

すべては憶測。

そうとも考えられるが、そうじゃないとも考えられる。

だが、ミツバの中で辻褄が合う仮説が一つだけ立ってしまった。

それを言うべきかどうか、ミツバは悩む。

憶測を加速させかねない仮説だ。

だが、黙っていてさらなる被害が出たとき。

皇帝ヨハネスは深く傷つくだろう。

だからミツバは口を開いた。ヨハネスのために。

「陛下。すべて憶測です」

「そうだ。証拠はない。だが！」

「もしもそうだとしたら、その前提の上で話をしましょう。例えば人格を変える魔法や呪いがあったとして、アメリアがそれに気づき、自らを殺したとしましょう。なぜ殺す必要があったのか？　なぜ私だけは信じられたのか？　答えはきっと子供たちです」

「どういう意味だ？」

「帝国の皇族は多くの恨みを買っています。しかし、直接皇族に何かするのは難しい。人格を変えるような魔法を直接、皇族に掛けたとしても皇族には強力な血があります。抵抗は必至。では、どうするのか？　こういう場合、間接的な方法が用いられます。親しい人間を使うのです」

アードラーの血を引く者たちはどれだけ幼かろうが、その血の恩恵を受ける。

だが、後宮にいる妃たちは違う。

「まさか……」

「あくまで憶測です。しかし、辻褄は合います。合ってしまうのです。私を信用できる理由は――私が子供たちに不干渉だから。指図しない親では間接的に何かすることはできません。そしてアメリアが命を絶った理由は……自らの子供たちと陛下を守るため。アメリアは陛下に最も近い妃だからです」

皇帝を操るには皇帝が最も愛する女を使うべきだ。

死の後ですら皇帝の心には常にアメリアがいた。

アメリアを通してであれば、皇帝にも何かしらの術を掛けられるかもしれない。

その可能性を潰すためにアメリアは自らの命を絶った。

そう考えようと思えば考えられる。

ただし証拠は何もない。

「ザンドラやゴードンが変わった理由も母親を通して変貌させられたからか……？」

「わかりません。しかし、ザンドラにせよ、ゴードンにせよ、どちらも母親から強い期待を掛けられていたのは事実です。母親との距離が近ければ変わるのもより極端なのかもしれません」

「……だとしたらワシはどうすればいい？　その話通りならばエリクも信用できん……」

「私からはこれ以上、何も言うことはできません。その憶測が成立するならば、私が首謀者であるということも考えられます。もしくは利用しているやも。子供たちのために」

「お前はそんな人間ではない！」

「そう捉えることができるという話です。あなたのすることは決して変わりません。いまだに帝位争いは続いています。エリクとレオの勢力は強大になりました。皇帝が強権を発揮して、どちらかを皇太子とすれば帝国が二分されます。心を落ち着かせ、情勢を見極めなさいませ。今までそうしてきたように」

ミツバはそうヨハネスを諭す。

レオはようやくエリクに並んだだけ。

これからはより多くの手柄を立てたほうが皇太子に近づく。

帝位争いはさらに激しさを増すのだ。

「……一体誰がこんなことを……？」

「誰であるかは問題ではありません。すべて憶測です。しかし、それが事実ならば帝国は攻撃されたのです。しかも陰湿で、巧妙な手を使って。妃も皇子も皇女も犠牲になりました。敵がいるとするなら、今は勢いづいているでしょう。これ以上、勢いづかせてはいけません」

「……そうだ。これ以上、好きにはさせられん……！」

ショックを受け、弱々しかったヨハネスに覇気が戻る。

それを見てミツバは気づかれないようにホッと息を吐いた。

これで気落ちされては何もできない。

すべては憶測。

しかし、証拠がそろえば憶測ではなくなる。

「リーゼロッテに藩国を攻めさせる。すぐに落ちるだろう。その時に改めて調べなおすとしよう。皇太子の死を」

「そうするべきでしょう」

ミツバは皇帝に同意しながらアメリアを見つめる。

もっと情報を残してくれていれば、こんなことにはならなかった。

遺書を書けたならばもっと情報を残せたのではないかという疑問が残る。

しかし、もしもこの断片的な情報が精一杯のものだとするなら。

これからは険しい道が続くことになるだろう。

ミツバはそんなことを思いながら、皇帝を支えて部屋を後にしたのだった。

6

「第三近衛《このえ》騎士隊、これより殿下の護衛につきます」

「ご苦労、騎士マルク」

エルナに遅れて数日。

馬での移動で北部に来た副隊長マルクと第三近衛騎士隊の近衛騎士が俺のところまでたどり着いた。

まさか部下を置いていく隊長がいるとは思わなかったんだろう。

マルクの顔はやや疲れ気味だ。

「疲れているみたいだな？　今日くらいは休んでも構わないぞ？」

「残念ながら隊長が張り切っていますので。これから護衛体制の確認をしにいきます」

「俺から一言言っておくか？」

「いえ……張り切る気持ちはわかるので平気です」

「そんなにトラウ兄さんの護衛はつまらなかったか？」

「まぁ、トラウゴット殿下はほとんど動かない人でしたから。楽ではありましたが、張り合いには欠けました。それは認めます。ですが、隊長が張り切っているのはあなたが功績を残したからです」

なんで俺が功績を残したらエルナが張り切るのやら。

呆《あき》れてため息を吐くと、マルクが苦笑する。

「殿下にはわからないかもしれませんが……今回の護衛は殿下が功績を残したから我々が選ばれたのです」

「どういう意味だ？」

「あなたが大した功績をあげていないなら、わざわざ第三近衛騎士隊が来ることはなかったということです。あなたの重要度が上がったため、皇帝陛下は我々を送り出しました。もちろん、それ以外の意図もあったでしょうが」

「それ以外の意図しか感じなかったけどな」

「殿下はそうでしょうな。しかし、それだけではないのです。あなたの身に何かあったら困るからこそ、我々が来ました。騎士狩猟祭のときとは違うのです。隊長が働きかけたわけではなく、あなたの功績が我々を動かした。隊長はいつかこんな日が来ることを待ち望んでいました」

「俺は待ち望んでいなかったけどな。功績をあげたのもあげざるを得なかったからだ。できることなら帝都でずっと寝ていたかった」

「時代は傑物を放ってはおかないということでしょう」

マルクの言葉を聞いた俺は窓に視線を移し、ゆっくりと流れる白い雲を見つめた。

あんなふうにのんびり過ごせたらどんなにいいか。

「まぁ、そういうわけです。隊長が張り切る理由をご承知ください」

「俺は騎士のエルナより、幼馴染《おさななじみ》のエルナといるほうが居心地はいいんだがな……」

ポツリと口からそんな言葉がこぼれた。

考えていたわけじゃない。

なんとなく出てきた言葉だ。

だから俺はマルクに口止めする。

「……今のはエルナには黙っておけ。喋《しゃべ》ったら承知しないぞ？」

「承知いたしました。ご安心を」

そう言ってマルクはニヤニヤしながら部屋を去っていく。

まったく。

子供の頃から俺を知っているアムスベルグの騎士はこれだから厄介なんだ。

そんなことを思いつつ、俺はセバスの名を呼んだ。

「セバス」

「御用でしょうか？」

「北部貴族の様子はどうだ？」

「まだ情報収集段階ではありますが、戦争中ほどのまとまりはないですな。北部の半分は戦場となり、もう半分も山賊などに苦しめられました。そこからの復興を皆目指していますが、被害にも差があります」

「受けた被害に差が出るのは仕方ないが、共に被害者だ。問題は意識のほうだな」

「その通りです。被害の大きい領地を持つ貴族たちは支援されて当然という意識を持ち、他の貴族と揉《も》め始めています」

「すべての貴族に通達しろ。俺を通さない交渉は許さない。些細《ささい》な問題でも俺が裁く」

「かしこまりました。それと竜騎士たちが手紙を届けたため、こちらに貴族の子弟が向かっています。挨拶ともろもろの問題を訴えるためでしょう」

「貴族の子弟か……」

俺の露骨な反応にセバスはやれやれと言わんばかりに首を横に振る。

仕方ないだろうに。

いい思い出がない。

中途半端な責任しか背負っていないから、当主たちよりもやりにくい。

「苦手意識は感心しませんな」

「苦手なんじゃない。嫌いなんだ」

「それはそれで問題ですな。特に今回は」

「どういう意味だ？」

「帝都の時とは正反対ですからな。あの時、あなたは貴族の子弟たちから恨みを買いましたが、今は北部貴族をまとめあげた皇子です。多くの貴族の子弟は戦場を共にしておりました。彼らはあなたを高く評価しています。あなたが思う以上に」

「……面倒なことだ」

俺の立場は曖昧だ。

ゴードンの反乱をレオと共に治めた皇子であると同時に、ゴードンの再来になりえる皇子でもある。

北部全体を任されたことで、俺には注目が集まっている。

些細な事が大事になりかねない。

「帝都にいるエリクはどうしている？」

「外務大臣として王国側の有力者と連絡を取り合っているようですな」

「……まだ動かないか」

リーゼ姉上にユルゲン。

この二人がレオを支持すれば多くの者がこちらに流れてくる。

正式に支持を表明しないにしても、俺たちに協力的なのは今回のことで周知されるだろう。

そうなればエリクもうかうかしていられない。

そろそろレオを自分と戦うに足る相手と認める頃だと思うが。

「王国との戦争でも静観するとなると、さすがに不気味ですな」

「西部のクライネルト公爵家、南部のジンメル伯爵家、東部のラインフェルト公爵家。地方で影響力を持つ貴族の支持は取り付けられる。そして北部全域を俺が任された。帝都の貴族の多くはエリクの支持者だろうが、地方じゃ俺たちのほうが優勢だ。それでもなお余裕を見せているならエリクには絶対に負けないという切り札があるのかもな」

「どんなものでしょうか？　諸外国とのパイプというなら確かに強力でしょうが、帝位争いにどこまで有利に働くのやら」

「見当もつかん。まぁ切り札があるなら構わない。備えるだけだし、切り札があるのは向こうだけじゃない」

「確かにそろそろ切り時かもしれませんな」

「こっちからは切らない。向こうが切り札を切ってからだ。それまではこちらも温存だ」

こっちの切り札は強力だが、デメリットも強力だ。

なにより当初考えていたよりも状況は複雑だ。

俺が表に出すぎている。

シルバーの正体が俺だとわかれば、俺を支持する者が出てくるだろう。

そうなれば俺とレオの争いになりかねない。

「できれば切りたくないな」

「そうですな。少なくとも表向きは帝国を去らねばなりますまい」

「それは俺の望むところじゃない」

そう言いながら俺はそっと拳を握る。

皇帝なんて厄介な役職をレオに押し付ける以上、せめて傍《そば》にはいてやりたい。

皇帝になって終わりというわけではないからだ。

その望みを叶《かな》えるためにはエリクを封殺する必要がある。

「もうひと頑張りだな」

「どうせ帝位争いが終わればだらけた人生を送るのです。ひと頑張りなどと言わず、一生分の頑張りを使いなさいませ」

「もう使い果たしていると思うんだがなぁ」

そんなことを言いながら俺は机の上に溜《た》まっている書類に手を伸ばすのだった。

7

羨望の視線は嫌いだ。

皇子という立場が羨ましいと多くの人間に浴びせられた。

そこに生じるデメリットを理解しているならまだわかるが、大抵他者を羨望するだけの奴《やつ》はそういうデメリットには目を向けない。

だから嫌いだ。

「ブロイアー伯爵の子、エーゴン・フォン・ブロイアーがアルノルト殿下にご挨拶いたします」

「よく来てくれた。領地はどうだ？　困ったことはないか？」

「はい！　殿下のおかげで周りの諸侯が非常に協力的なため、復興は順調です！」

はきはきとした口調でエーゴンは告げる。

年は十六。

くすんだ茶髪と童顔が特徴的な少年だ。

ブロイアー伯爵は北部の東側を領地とする貴族であり、ゴードン兄上によって領地を追われた貴族の一人だ。

とはいえ、ただ逃げ出したのではなくゴードン兄上に抵抗して、重傷を負って家臣に退却させられた人物で、民からも慕われている。

自らの領民を見捨てて退却したことを恥じているらしく、すぐにでも家督を息子に譲りたいと言っていた。

しかし、エーゴンはまだまだ若い。

学ぶことばかりだし、この状況で家督を譲られるのは酷だろう。

わざわざ俺から話題を振ってやったのに、気持ちのいい返事しかできないあたり、貴族の当主になるには甘い。

復興がいくら順調でも、足りないことはいくらでもある。それらを俺に要求するのがエーゴンの仕事だ。

「そうか。何かあったら遠慮なく言ってくれ」

「はい！　父も僕も殿下をとても頼りにしています！」

北部の内乱がエーゴンにとっては初陣だったらしい。

いきなりの大戦。

北部諸侯を率いた俺に憧れているとセバスは言っていた。

別にそれはいい。ただ、憧れというのは面倒な感情だ。

「殿下が北部全権代官に任命され、北部全体が喜んでいます！　領地の民もアルノルト殿下なら北部を任せられると話題にしておりました！」

「臨時の役職だ。北部の復興と藩国への侵攻が終われば帝都に戻ることになる」

「それは残念です……総督という形で北部に留《とど》まることはできないのでしょうか？」

「俺はその器じゃない」

「そんなことはありません！　内乱の際にはあのローエンシュタイン公爵までも従えたではありませんか！　藩国との戦でも戦功をあげれば殿下の名声はレオナルト殿下に迫るものとなりましょう！　そのお手伝いをしたいと思っています！」

エーゴンは熱が帯びた様子で喋り出す。

そんなエーゴンに俺は目を細めながら忠告した。

「そこまでにしておけ」

「いえ、これは北部貴族の総意です！　殿下には帝位争いに参加してほしいのです！　それがだめなら北部の総督となってください！　そうなれば北部は！」

こちらの忠告を聞かず、エーゴンは言葉を続ける。

しかし、エーゴンは突如として喋るのをやめた。

護衛として傍に控えていたエルナがエーゴンに近寄り、剣を首元に当てたからだ。

「えっ……あ……？」

「殿下のお立場はあなたが思うほど簡単ではないの。今の発言を誰かに聞かれて、殿下に二心ありと噂《うわさ》されたらあなたはどうやって責任を取るつもりかしら？」

「も、申し訳……」

「謝罪は結構よ。その代わりに腕を一本寄こしなさい。それで殿下に関するあらぬ噂が流れることはなくなるわ」

厳しい処分をあえて下すことで、俺はその手の話を許さないと示すことができる。

いまだ動かないエリクだが、こちらが隙を見せればさすがに突いてくるだろう。

俺とレオを反目させられるなら、エリクにとっては好都合。

少なくとも亀裂ぐらいは入れたいと思っているはずだ。

だからこそ隙は晒《さら》せない。

「……お、お許しください……二度と失言は致しません……！」

「殿下が制止したときにそう言うべきだったわね」

エルナが剣を腕に当てる。

エーゴンは小さな悲鳴を漏らす。

俺は何も言わずにそれを見つめる。

そんな中、部屋の中にシャルが入ってきた。

「失礼します。これはどういう状況ですか？」

「つ、ツヴァイク侯爵……！　お助けください！」

「エルナ隊長。何があったかは知りませんが、剣を収めていただけませんか？」

「彼は殿下に帝位争いへ参加するべきと言ったのよ？　実の弟と争えと諭した。しかもこの不安定な立場の中で。野心を見せれば陛下は第二のゴードン皇子とみなすでしょう。もはや間者も同然よ」

「……それは本当ですか？」

「ぼ、僕はただ殿下に北部を治めていただきたいと思っただけで……」

「……浅慮ですね。しかし、剣を抜くほどのことですか？」

「腕でも差し出してもらわなきゃ殿下の悪評が流れるわ」

「ここだけの話にすればよいだけかと」

「同じことを言う者がまた出てくるわ。そのときあなたはどうやって責任を取るのかしら？」

「私が責任をもって、北部貴族に浅はかな考えを抱かせません。それでお許しください」

シャルは俺を見ながらそう頭を下げた。

俺は何度か頷《うなず》き、シャルに告げた。

「シャルに任せよう。しっかりと頼む」

「感謝します」

「か、感謝いたします！」

シャルとエーゴンは一礼して部屋を出ていく。

出ていくときにシャルとエルナの視線がバチバチとぶつかり合っていたような気がする。

まぁ、シャルは北部貴族の代表という立場だ。俺に最も近い北部貴族。どこまでいっても北部貴族側の人間。

一方、エルナは俺に最も近い護衛隊長。

俺の評判だけを考えている。

「嫌われ者ごくろうさん」

「本気で腕くらい貰《もら》うべきだったと思っているのだけど？」

「まぁ、そうしておけば今後、厄介ごとは少なくなるだろうな。けど、北部貴族との関係が難しくなる」

「放置すれば陛下やレオとの関係が難しくなるわよ？」

「だからシャルに任せた。これで北部貴族内でのシャルの立場はより固まる」

「失敗したら？　アルはどうするの？」

心配そうな目をエルナが向けてくる。

シャルが失敗したら、シャルに責任が向く。

責任を問えるのか？　という心配をしているんだろう。

それならば自分が恐れられたほうがいい。そんなことを思っているんだろう。

「失敗しないことを祈ろう」

「そんな曖昧な……北部貴族があなたを担ぎ上げようとしたらとんでもないことになるわよ？」

「わかってるさ。けど、そのときはそのときだ。地道に説得して回るだけだ」

「手間じゃない。今ならまだ間に合うわよ？　腕一本じゃ死なないわ」

「俺は俺の幼馴染《おさななじみ》が嫌われるのが嫌なんだ。北部全権代官中、お前以外の護衛を認める気はない。だから、大人しくしてろ。余計な気を回すのはお前らしくないぞ？」

「……私はアルとレオが争うところなんて見たくないの……」

「わかってる。そんなことにはならないし、させない。俺を信じろ。お前が見たくない未来にはしない」

「……約束よ？」

「ああ、約束だ」

そう言うとエルナは少しだけ心配そうな表情をやわらげた。

皇子が内乱を起こした。

そのせいで今の帝国は疑念に満ちている。

本来なら徹底して疑念を払うべきだし、エルナに任せるのが一番だ。

しかし、幼馴染にすべてを投げるのは容認できない。

やってくれと頼めば引き受ける。それがエルナだ。

だからこそ甘えてばかりはいられない。

「まぁ、そうは言っても不安定なのは事実だ。さっさと来てくれないと困るな」

「リーゼロッテ様？」

「いや、ラインフェルト公爵だ。もっと言えばあの人が引き連れてくるだろう人たちだな」

「なによ？　回りくどいわね」

「そのうちわかるさ」

北部貴族が俺を担ぎ上げようと思うのは、希望が俺だからだ。

頼れるのは俺だけだと思っているから、俺に高い地位についてほしい、北部を守ってほしいと思う。

ローエンシュタイン公爵がいない今、北部には頼れる柱がいないから。

だが、復興がさっさと済めばそういう感情もひとまず収まる。

そのためには〝彼ら〟が必要なのだ。

8

北部全権代官になってから半月ほど。

貴族たちの挨拶が終わり、さまざまな揉《も》め事《ごと》に対応する日々が続いた。

一気にすべてを解決することはできない。

それでも少しずつ解決に向けて努力してきた。

だが、そんな復興への道に障害が立ちふさがった。

「まさかこのタイミングで自然災害か……」

窓から外を見ながら俺は呟《つぶや》く。

外は大雨で、吹き付ける強風が窓を揺らす。

頑丈に作られた貴族の屋敷は平気だろうが、雑なつくりの建物では一たまりもないだろう。

事前に大雨が来るかもしれないと聞いていたため、すべての領主には民の保護を優先するように伝えている。

そのため、ツヴァイク侯爵家の屋敷には多くの民が避難していた。他の貴族の屋敷も似たようなものだろう。

戦争で家を失った人も大勢いる。彼らには仮設の家を用意していたが、この雨じゃすべて使い物にはならないだろう。

やってくれたと思いつつも、ここで自然に文句を言ってもしょうがない。

「アル様の力でなんとかならないのでしょうか？」

フィーネが何とかならないかと訊《たず》ねてきた。

それに対して俺は肩を竦《すく》める。

「やれたらやってるよ。けど、気づかれずにこれだけ広範囲の自然現象を吹き飛ばすのは不可能だ。気づかれてもいいという条件だったとしても、かなりの重労働だ」

正直、コストに見合わない。

しかも被害はもう出てしまっている。

最初にやらないと判断した時点で、もうやらないという方針で行くしかない。

「そうですよね……申し訳ありません」

「謝る必要はないさ。俺ですら思うからな。誰か何とかしてくれないかなって」

大きくため息を吐《つ》きつつ、俺は両手で自分の頬《ほお》を叩《たた》いた。

どうも天気が悪いと思考がマイナスに寄ってしまう。

今はできることをやるしかない。

切り替えろ。

そう自分に言い聞かせているとセバスが部屋に現れた。

「アルノルト様」

「何が起きた？」

「ツヴァイク侯爵領に流れる川が氾濫しそうです」

「最悪だな」

言いながら俺は用意していた地図を広げる。

ツヴァイク侯爵領に流れる川は大きなものが一つ。

北部の中心であるツヴァイク侯爵領でこの川が氾濫したら、北部はいよいよもって大打撃を受ける。

それだけは避けなければいけない。

「出るぞ。何としても氾濫を防ぐ」

「しかし、どうやって氾濫を防ぐのですか？」

「川を補強する」

そう言って俺は部屋に用意されていた雨具を身に着けた。

補強するには現場に行かなければいけない。

「この場はフィーネに任せる。民をよろしくな」

「は、はい！　お気をつけて！」

「平気だ。俺は現場を見るだけだからな。シャルとエルナを呼べ」

「はっ」

こうして一気に屋敷は慌ただしくなったのだった。

■■■

「アル！　危険よ！」

「放っておくこともできないだろ？　いいから行くぞ」

第三近衛《このえ》騎士隊とツヴァイク侯爵家の騎士たちに俺は外に出る準備を命じた。

しかし、外は大雨に強風。

しかも氾濫間近の川に近づく。

危険と言うのは当然だ。なにせエルナは俺の護衛だからな。

「アル！　外に出るって正気⁉」

「正気だ。準備しろ」

遅れてやってきたシャルが開口一番、俺の正気を疑ってくる。

そんなシャルにため息を吐きつつ、俺は準備を命じた。

「護衛なのにいいの⁉」

「いいわけないでしょ⁉　止めてるわよ！」

「力ずくで監禁して！」

「できるわけないでしょ⁉　近衛騎士が監禁なんてしたら他国に笑われるわよ⁉　そっちこそ、監禁しなさいよ！」

「できるわけないでしょ⁉　北部貴族の上に立つ全権代官なんだから！」

後ろで俺の監禁について言い合いが始まった。

まったく、こんな状況でも言い合いか。余裕があるのかないのか。判断に困る二人だな。

「いい加減にしろ。ついてくる気がないなら別にいいぞ？」

「そ、そういうわけじゃないわよ！」

「そうよ！　ただ心配で……」

「俺が行かないと始まらない。方針は示した。心配する前にやれることをやれ。その言い合いよりはよほど民のためになる」

「……わかったわよ……」

「認めるの⁉　こんな状況で川に近づいたら命に関わるわ！」

「いいから準備しなさいよ！　もう何言っても無駄なのよ！」

さすがは幼馴染。

よくわかっていらっしゃる。

周りで待機していたマルクたち第三近衛騎士隊の面々も呆《あき》れた様子で見守っている。

シャルももはや止められないと察したのか、小さくため息を吐いた。

「絶対に無茶《むちゃ》をしないって約束して」

「それは約束できないな」

「そんな……」

「今は二択だぞ？　俺を信じるか、信じないか。エルナは俺を信じた。シャルはどうする？」

「……もちろん信じるわ」

「なら行くぞ。内乱のときよりはマシだ」

そう言うと俺はマルクの傍《そば》に近づく。

「熟練の騎士として意見を聞きたい。技術のない奴《やつ》が馬に乗って平気な天候だと思うか？」

「私じゃなくても無理だと答えますよ。ご安心を。馬車を用意してあります。特注品なので、ぬかるんだ道も平気です」

「準備がいいな？」

「あなたの無茶に付き合うのはこれが初めてではないので」

「それもそうだな。お前と一緒にいると水に縁があるらしい。溺れたら助けてくれるか？」

「ご冗談を。今回ばかりは助ける自信がないので、大人しくしていてください」

そう言ってマルクが首を竦める。

そんなマルクに苦笑していると、ツヴァイク侯爵家の騎士たちの準備が整った。

「危険は承知。それでも北部を任された以上、目の前の被害は見逃せない。ついてこい。今、やれることを全力でやるぞ」

そう言って俺たちはツヴァイク侯爵家の屋敷を出発したのだった。

9

「やれやれ……」

びしょびしょになった髪をタオルで拭く。

場所は停《と》めてある馬車の中。

川から離れたところに、いくつもの馬車を連結させて、とりあえずの仮拠点を作った。

とにかくこの目で状況を見ないと話にならないため、川を見てきたが思った以上に水位が上がっていた。

氾濫が起きかけているのはツヴァイク侯爵領に位置する橋の近く。

元々、水位が上がることを想定していない場所だったせいで、かなりまずい状況になっている。

現在、騎士たちが川の周りに土手を作って補強し始めている。

根本的な解決にはならないが、とにかく弱いところを補強しないと何の手も打てない。

そんなことを思っていると、俺の馬車の中にシャルとエルナが入ってきた。

言い合いをしながら。

「信じられないわ！　勇爵家の神童が水を怖がるなんて！」

「水が怖いんじゃなくて、大量の水が溜《た》まっている場所が苦手なだけよ！」

「変わらないわよ！　どうしてついてきたの⁉　川に近寄れないのに！」

「か、川に近づかなくてもやれることはあるわよ！」

「声が震えてるわよ！」

俺はため息を吐きつつ、二人に新しいタオルを渡す。

シャルには騎士たちの指揮を、エルナには補強材になりそうな物を片っ端から集めることを指示していた。

ここに来たということは一段落したんだろう。

「どうだ？」

「とりあえず土手の基礎は完成したわ。あとはこれを強化するだけね」

「エルナはどうだ？」

「周辺の石をできるだけ運んだわ。あとは加工すれば使えると思うわよ」

「よろしい。なるべく急ぐぞ。正直、時間がない」

雨は強まってはいないが、弱まってもいない。

このまま続けば川は間違いなく氾濫する。

そうなれば住む場所だけでなくて、多くの農作物が被害を受ける。

北部の復興は大幅な遅れを見せるだろう。

そんなことは許容できない。

「よし、行くぞ。今が頑張りどころだ」

そう言って俺はシャルとエルナと共に再び大雨の外へ出たのだった。

■■■

「殿下！　雨足が強まってきました！　川からお離れください！」

マルクがそう言って俺を制止する。

しかし、俺は完成した土手の上に立つ。

急造にしては立派なものだ。しかもエルナが集めて、加工した石がそれを補強している。

一番弱かった部分の補強はどうにか完了した。

しかし、雨はやまない。

根本的な解決にはならないというわけだ。

「補強は済みました！　あとは天に任せましょう！」

「天頼みは嫌いだ！」

「そう言われてもやれることはやりました！　殿下がここにいて何になるんです⁉」

「わからないか⁉」

「さっぱりです！」

「セバス！　お前はわかるか⁉」

「まぁ、ある程度は察しがつきますな」

少し離れたところにいたセバスがそう答える。

そんなセバスの答えに俺はニヤリと笑う。

さすがに悪だくみも筒抜けか。

俺はマルクを手招きする。

マルクは仕方ないとばかりに土手へ上り、俺の傍に寄ってくる。

「俺の策を知りたいか⁉」

「ええ！　知りたいですが、後にします！　とりあえず下りてください！　ここは危険です！」

「危険だけど、お前がいれば大丈夫だろう？」

「私にも限界があるんです！」

「そうだろうか？」

マルクに苦笑しつつ、俺はゆっくりと体重を川側に倒し落ちる。

マルクは慌てて俺の腕を摑《つか》んだ。

「殿下!!　殿下が落ちるぞ！　手を貸せ!!」

「はっはっはっ！　助けてもらうのは三度目だな？」

「笑ってる場合ですか!?　早く上がってきてください!!」

「いやぁ、俺の腕力じゃきつい。引っ張り上げてくれ」

「まったく……！　体を支えておいてくれ！　殿下を引っ張り上げる!!」

周りに来た騎士たちに自分の体を固定させ、マルクは両腕で俺を引っ張り上げる。

さすがに近衛騎士だけある。

見事に俺を引っ張り上げたマルクは、荒い息を吐きながら仰向《あおむ》けで倒れた。

「……生きた心地がしませんでした……」

「そうか。まぁ大ピンチだったしな」

「何を悠長な!?　ご自分のお立場を理解しているんですか!?　あなたは北部を治める皇帝陛下の名代です！　北部における皇帝なのですよ!?」

「ああ、まったくもってその通りだ。それが死にかけたとなれば一大事だな？」

「その通りです！　わかっているならさっさと離れてください！　川は危険です！」

そう言ってマルクは俺を土手から下ろす。

そんなマルクに俺は訊《たず》ねる。

「マルク、拡声の魔法は使えるか？」

「はい？　使えますが……」

「じゃあ頼む。エルナに伝えたいことがある」

エルナは川から少し離れた場所の空で待機している。

周囲の状況を見るためだ。

しかし、それを指示したのは俺だ。

本当の役割は違う。

勇者の役割は勇者以外にないのだ。

『聞こえるか？　エルナ・フォン・アムスベルグ』

『聞こえてるわよ！　アル!?　危ないからさっさとそこを』

『皇帝の名代である俺はこの場において皇帝と同じ立場にある。その俺が死にかけた。この状況は非常に危険だ。帝国の危機と言っていい』

俺はエルナの言葉を遮る。

ここからは余計なことを言われては困るのだ。

ニヤリと笑う俺を見て、セバスがやれやれと首を振る。

シルバーがやれない状況だ。しかし、シルバーの代わりはいる。

誰かにやってもらいたい状況だった。ならばやってもらおう。

俺がわざわざ出張ったのはその条件をクリアするため。

『帝国の危機に際して、北部全権代官・第七皇子アルノルト・レークス・アードラーは皇帝・ヨハネス・レークス・アードラーの名代として命じる。勇者よ、その手に聖剣を取れ！』

俺の意図を察したのかエルナは空に手を掲げる。

そして。

『我が声を聴き、降臨せよ！　煌々《こうこう》たる星の剣！　勇者が今、汝《なんじ》を必要としている!!』

エルナの手に白い光が握られた。

それは眩《まばゆ》い光と共に聖剣へと姿を変える。

帝国どころか大陸最強の武器。

よほどのことがなければ使ってはいけない奥の手。

しかも威力の高さゆえに周りへの被害も大きい。

だから最優先で補強をした。

余波で氾濫とか笑えないからだ。

だが、その心配は消えた。

あとは実行あるのみ。

『俺が許す。勇者よ——天を裂け！』

『はぁぁぁぁぁぁぁ!!!!』

俺の命令を受けてエルナが聖剣を天に向けて振りぬいた。

巨大な光の奔流が北部を覆う巨大な雨雲を一気に切り裂く。

文字通り天を裂いたのだ。

少し遅れて聖剣の余波が俺たちを襲う。

突風によって吹き飛ばされそうになるが、騎士たちが固まって陣を作って耐える。

そしてそれが過ぎ去った頃。

空を覆っていた薄暗い雨雲が消え去り、蒼《あお》い空が顔を出した。

幻想的な光がそこから大地に降り注ぐ。

「さすが聖剣だな。自然すら敵じゃないか」

空に放った分、エルナも遠慮がなかったんだろう。

明らかに威力が今までとは違う。

無意識にセーブしていた部分が解放された結果がこれか。

やっぱり化け物だなと心の中で呟《つぶや》きつつ、俺はドヤ顔で降りてくるエルナを出迎えたのだった。

10

大雨の被害は各地で出ていた。

特に避難民をまとめて集めている避難村は、ほとんどの建物が使えなくなった。

手の空いている騎士たちを動員して、復興に力を注いでいるがなかなか進まない。

騎士たちの手が遅いわけじゃない。

手伝っている避難民たちが遅いのだ。

せっかく形になってきたのに。そんな感情が彼らのやる気をそいでいるのだ。

誰も彼もが暗い表情を浮かべている。

「まずいな……」

「皆さん、沈んでいましたね……」

フィーネと共にツヴァイク侯爵領の屋敷に戻った俺は、各地の様子について報告を受けていた。

しかし、どこも報告は似たり寄ったり。

避難村があるのはツヴァイク侯爵領だけじゃない。

被害が少なかった領内でいくつもつくられていた。

だが、どこも壊滅的な被害を受けた。

命は助かった。それは喜ばしいことだが、生きる希望が失われた。

この先どうなるかと不安が先に来て、生きていたことを喜べるような状態ではない。

「各領主へ、至急の伝令を出せ。避難民への保護を手厚くせよと厳命するんだ。その補償は俺がする」

「よいのですか？」

「今は惜しんでいる場合じゃない」

しかし、これは諸刃《もろは》の剣でもある。

俺たちに根拠地はない。

ツヴァイク侯爵領の屋敷を間借りしているだけであり、元となるモノは何も持っていない。

補償をするならばツヴァイク侯爵家がすることになるだろうが、ツヴァイク侯爵家にも限界がある。

なにせ、大きな戦をしたあとだ。

食料の備蓄も少ない。どこの貴族も本来なら避難民を抱える余裕なんてない。

こちらの援軍がいつ来るか。

それによっては避難民の怨嗟《えんさ》が俺に向くだろう。

「そろそろ着いてもいいはずなんだがな……セバス。ラインフェルト公爵の下へ向かったフィンはまだ戻らないのか？」

「はっ。いまだに」

セバスの返答に俺は少しの落胆を覚えた。

ユルゲンならば素早く行動に移してくれると思っていた。

そのためにフィンを遣わした。

しかし、いまだに動きは見られない。

何もしていないということはないだろう。

何かあったのかもしれない。

「なかなか思い通りにはいかないな……」

「私が父に手紙を書いてみます！」

「西部貴族は王国との戦線を支えている。向こうだって余裕はない」

直接参加していなくても、兵糧の供給くらいはやっているはずだ。

北部ほど切羽詰まっていなくても、ギリギリであることは考えられる。

北部のために西部に犠牲を強いるわけにはいかない。

「ですが……」

「いざとなれば父上に頼むさ」

頼まなくても動いているだろうけど。

せっかく修復しつつある北部との関係を崩すようなことはしないだろう。

しかし、それがいつになるか。

「いざとなればシルバーで食料運搬だな」

背に腹は代えられない。

慈善活動ということでやるしかない。

そんな決意を固めつつ、俺はまた大量にやってきた伝令の対応に移ったのだった。

大雨から一週間。

北部ではグライスナー侯爵家の竜騎士たちが伝令として、あちこちを飛び回っていた。

しかし彼らが運んでくるのは避難民とそれを抱える領主たちの悲鳴だった。

「そろそろ……ツヴァイク侯爵家も限界よ」

「わかっている。むしろ良く持った」

苦しい中でツヴァイク侯爵家は各地の貴族に援助し続けた。

しかし、使えば減る。それが真理だ。

もはやどの領地にも余裕はない。

「手を考える。少し時間を」

仕方ないと諦めた時。

俺の言葉を遮るようにして伝令が駆け込んできた。

「報告！　東より商人が到着いたしました！」

「商人が？　商機のわかる奴《やつ》もいたもんだな。受け入れろ」

「そ、それが……一人ではないのです！　とにかく外をご覧ください！」

そう言って伝令は俺を急《せ》かす。

俺はシャルと顔を見合わせたあと、伝令についていった。

そして屋敷から城壁へと移る。

そこでは何十台もの馬車が渋滞していた。

「これは……⁉　アルが呼んだの⁉」

「そんなわけあるか。俺じゃない」

俺がしたのは頼りになる人に手紙を書いただけだ。

助けてほしいとお願いしただけ。

厚かましい話だが、俺に借りがあるはずだから。

そしていつぞやの借りを返すために、全力を注いでくれたらしい。

これほど頼りになる人もそうはいまい。

「おい！　早く通してくれ！」

「ちょ、ちょっと待て！　受け入れ態勢がまだ！」

「頼むぜ本当！　東部の商人はほとんど全員来るんだ！　俺たちはほんの一部だぞ！」

「東部の商人が全員⁉」

騎士たちがてんやわんやしていると、俺の視界に一頭の白い飛竜が見えた。

そしてその下には多数の騎馬団。

「で、殿下！　軍勢です！　東より軍勢が来ます！　数は二万は超えています！」

「東部に二万もの軍を動員できる貴族がいるなんて……」

「一つの家で二万の騎士を動かせるわけがない。かき集めたのさ」

「ほかの貴族と協力して？　でも、短期間であれだけの騎士を集めるなんて……」

「可能なのさ。東部であの人に借りのない貴族はいない。もちろん商人もな」

だからこれだけの規模でやってくることができた。

軍勢だけで来られたら迷惑極まりない。こちらには余裕がないからだ。

だから商人たちを先に動かした。

相変わらず気の利く人だ。

そんなことを思いつつ、俺は正門を出て出迎えの準備をする。

そして騎士の軍勢の中から一人が抜け出してくる。

背は低く、ずんぐりとした体形のその人は、お世辞にもかっこいいとは言いがたい。

それでも堂々と俺の前に馬を進めてきた。

そして俺の前で膝をつく。

「東部諸侯を代表し、ユルゲン・フォン・ラインフェルトがアルノルト殿下にご挨拶いたします。東部の商人たちと騎士二万と共に殿下の下に参陣いたしました」

「よく来てくれました。ラインフェルト公爵」

「殿下の頼みとあらばどこへでも」

そう言ってユルゲンは人のいい笑みを浮かべる。

そのままユルゲンは横にいるシャルへ視線を向ける。

「ツヴァイク侯爵とお見受けします。ユルゲン・フォン・ラインフェルト公爵と申します。以後お見知りおきを」

「シャルロッテ・フォン・ツヴァイク侯爵です。大きなご支援に感謝いたします」

「お気になさらず。我ら東部の貴族は北部内乱には関われなかった。協力できなかった不義理はここで清算させていただきます。商人たちには前払いで料金を払ってあります。まずは被害を受けた方々に補償をしましょう」

「ま、前払い……？　すべてですか……？」

「貯《た》めたお金は盛大に使うのが僕の主義でして」

ユルゲンはクスリと笑う。

そこに自慢気な様子は一切ない。

だが、東部の商人たちをほとんど全員動かしたんだ。

かかったお金はとんでもないものだろう。

おそらくシャルでも見たことないレベルの金が動いたはずだ。

「ラインフェルト公爵。ご厚意に甘えてばかりで申し訳ないのですが……」

「ご安心を。彼らもちゃんと連れてきていますよ」

ユルゲンは騎士たちのほうを振り返る。

するとその軍勢の中から不釣り合いな背の低い人々が現れた。

ドワーフだ。

これが北部復興の要。彼らの力を借りれば建物の不安はなくなる。

「先に百名ほどついてきてもらいました。残りはドワーフ王と共に後日到着いたします」

「何から何まですみません」

「それはこちらの台詞《せりふ》です。遅くなって申し訳ありませんでした。できるだけ急いだのですが、思ったよりも時間がかかってしまいました」

これだけの規模の人を動かせば、下手をすれば数か月くらいかかる場合もある。

たかが数週間で来たというのに、公爵からすれば遅いらしい。

大した人だ。

「それで……その……姉上は……どちらに？」

周りを警戒しながら俺が問いかける。

ヤバい女筆頭のリーゼ姉上も一緒に来るはずだ。

わざわざ別々に来る必要はない。

しかし、リーゼ姉上と軍の姿は見えない。

「リーゼロッテ殿下は一千の精鋭を率いて北部国境へ向かいました。下見だそうです」

「ああ……なるほど……」

意気揚々と向かうリーゼ姉上の姿が目に浮かぶ。

やる気十分ということか。

「ちなみに機嫌はどうでした？」

「道中は上機嫌でしたよ。まぁあの方は不機嫌でもお美しいので、判断が難しいのですが」

「あれほどわかりやすい人もなかなかいないと思いますけどね……」

そうユルゲンに突っ込みつつ、俺たちは商人の受け入れに移ったのだった。

11

ユルゲンが北部にやってきてから数日。

商人たちが運んできた食料は至急、北部全体に届けられた。

食料という点ではこれで困らない。

「さて、これからどうするべきだと思いますか？　ラインフェルト公爵」

「それをお決めになるのは北部を統括する殿下です」

「意見をください。自分の考えがあっているか確認したいので。あなたならどうしますか？」

東部の公爵という立場ゆえか、ユルゲンは積極的に献策する気はないようだ。

あくまで助力しに来ただけ。

そのスタンスを崩す気はないんだろう。

だが、ユルゲンは傑物だ。

その考えが俺と一致していれば、大きな間違いには至らない。

「では、僕個人の意見を言いましょう。まずは避難民を一つにまとめるべきです」

「それは俺も考えました。避難民の街を作ろうと思っています」

「さすが殿下です。家を失い、何もない彼らには拠り所《よどころ》がありません。このままではどこにも定着できず、中途半端な状態が続くでしょう。彼らに故郷を用意するべきなのです」

「わかりました。いくつか場所を選ぶとしましょう。そこにドワーフを派遣して、街を作ってもらいます」

「すべてドワーフ任せではいけません。自らの手で作ってこそ、愛着は湧くのですから」

「そうですね。避難民の中から有志を選び、ドワーフと共に街づくりをさせます。徐々に数を増やしていけば、混乱も少ないでしょう」

「良い考えだと思います」

避難民の話はこれで終わりだ。

あとは実行に移すだけ。

しかし、避難民のことを解決しても北部の復興にはならない。

「ラインフェルト公爵。もしもあなたが商人だったら、北部の何を売り出しますか？」

「お金を回すことをもうお考えに？」

「早いほうがいいでしょう。北部は冷遇されていたため、他の地域との接点が薄い。内乱前はそれでよかったのですが、内乱と大雨で大きなダメージを負いました。ここからいち早く立ち直るには、ほかの地域との協力が必要になります」

「そのためには商人同士の行き来が肝要です。今回、僕が連れてきた東部の商人はあくまで一方通行。何もしなければ東部に帰ってしまうでしょう。彼らに北部の物は売れると思わせねばなりません。その物を知りたいのですね？」

「北部の食べ物は美味《おい》しい。復興したあとは、それを売り出すこともできるでしょう。しかし、北部で食べ物が足りないのに、外へ出す余裕はありません。食料以外の何かが必要です」

　商機に長《た》けるユルゲンならば、北部が今、何を売り出すべきか的確に見抜くことができるだろう。

　しかし、ユルゲンは一度開いた口を閉じた。

　そして微笑《ほほえ》むと。

「この話はツヴァイク侯爵も交えたほうがよいでしょう。お呼びいただけますか？」

「シャルを？　たしかに北部貴族がいたほうがいいでしょうが、やりづらくはないですか？」

「お気になさらず」

　ユルゲンにそう言われては断る理由もない。

　俺はすぐにシャルを呼んだのだった。

■■■

「北部の特産物？」

「そうだ。外の地域と交流を深めるために、まずは商人たちを行き来させたい。しかし、食物は使えない。だからそれ以外の物を売り出したいんだ」

「それは私に聞くよりは……ラインフェルト公爵に聞いたほうが……」

「これは北部にとって大事なことです。僕が決めるのは良いことではありません」

「しかし、公爵は商才に長けると聞きます。実際、東部の商人たちをあれだけ動かしてみせました。公爵の知恵をお借りできませんか？」

「復興とは他者に手を借りることはあっても、他者に背負ってもらうことではありません。手は貸しましょう。しかし、立ち上がるのは自らで。これは北部が立ち上がるための計略です。かつての北部の柱、ローエンシュタイン公爵とツヴァイク侯爵。お二人の孫であるあなたが考えるべき事案です」

まるで教師が生徒を諭すようにユルゲンは告げる。

ユルゲンをあてにしていたシャルは、少し恥ずかしそうにうつむいて謝罪する。

「申し訳ありません……他力本願でした」

「いえ、頼りにするのは悪くありません。頼りきりになってはいけないというだけです。少しだけヒントを。あくまで僕の考えですが」

帝国でユルゲンほどの商才を持つのは一握りだ。

そのユルゲンがいけるだろうと考える物が、そうそう外れるわけがない。

それにユルゲンの顔には自信が見える。

おそらく隠している答えは、売れるという確信があるんだろう。

「北部で有名な物はなんです？」

それは単純な質問だった。

しかし、そのせいでシャルは困った表情を浮かべてしまった。

あまりに広くて何が正解かわからないのだ。

一応、俺の中にもいくつか答えがある。

だが、わざわざユルゲンがシャルを呼んだのだ。

シャルが答えるまでは何も言わないほうがいいだろう。

「……」

「わかりませんか？」

「申し訳ありません……世間知らずなものですから」

「確かにそうでしょう。他の地域の者ならすぐに答えられます」

「そんな簡単なものなのですか……？」

「簡単ですよ。では質問を変えましょう。北部が誇れる物はなんです？　心から誇れるというものを聞かせてください」

ユルゲンくらいの商才があれば、多少売り物が悪くても何とかできるだろう。

しかし、それを扱うのは無数の商人。

確かな質がなければ特産物にはなりえない。

ゆえに北部が誇れる物でなければいけない。

しばらく考え込んだシャルは顔をあげた。

そして。

「答えになっているかわかりません……ですが……私は北部の騎士はどこにも負けないと誇れます。祖父であるローエンシュタイン公爵が亡くなり、武威が衰えたかもしれません。ですが、北部の騎士は先の内乱で見せたように精強です」

「殿下はどうお考えですか？」

「俺も同意見です。北部の騎士は帝国で注目を浴びています。内乱で活躍しましたので。だからこそ、それを売りに出せると思います」

「お見事です。僕もそう思います」

「き、騎士を売り出すのですか⁉」

慌てたようにシャルが叫ぶ。

それに対してユルゲンは首を横に振る。

「騎士を売るだなんて馬鹿な真似《まね》はしません。売るのは軍馬です。騎兵戦力として確かな力を見せつけた北部騎士。彼らが扱う北部の軍馬は質が良い。注目されている今、売り出すべきは軍馬でしょう。良馬の産地という印象がつけば、さらに商売はしやすくなります」

「今、帝国は戦争中だ。軍も軍馬は欲しいし、万が一に備える貴族も買い求めるだろうさ」

「では、そういう風に動くとしましょう。東部の商人たちには噂《うわさ》を流します。ツヴァイク侯爵。申し訳ないのですが、騎士たちに演習をさせることはできるでしょうか？」

「それは問題ありません……ただ、軍馬の数が足りるかどうか……」

「北部全体からかき集めれば平気だろ」

「でも、そんなことをしたら藩国との戦争が……」

これから藩国との戦争が待っている。

最低限の軍馬しかない状況では、騎士たちも満足には動けない。

だが、その解決策もユルゲンが持ってきてくれた。

「問題ない。北部全権代官として、北部の戦力を使わせはしない。東部からあれだけ騎士が来ているんだ。東部の騎士に働いてもらうさ」

「最初からそのつもりで騎士を率いてきたのですか……？」

「いえ、そこまで考えてはいません。ただ、北部の騎士たちの活躍を受けて東部の騎士たちも活躍の場を求めていました。だから各地の領主たちに騎士を借りてきたのです。大義名分はこちらにありますし……なによりあの国には借りがある。帝国を代表して戦えるならこれほどの名誉はありません」

ユルゲンの瞳に少しだけ怒りの色が見えた。

皇太子の死は多くの関係者に影を落とした。

リーゼ姉上もその一人だ。

その原因となった藩国。

許してはいないということだろう。

「よし、じゃあ動くとしよう」

「かしこまりました」

「わかったわ……それと公爵。よろしいでしょうか？」

「なんでしょうか？」

部屋を去ろうとするユルゲンをシャルが呼び止めた。

不思議そうにユルゲンが首を傾《かし》げる。

「公爵は東部をまとめる領主です。その経験と知識を私に教えていただけないでしょうか？時間は取らせません。どうか未熟者にご教授ください！」

「北部の新たな雷神を未熟者と言う者はいないでしょう。ですが、貴族の仕事は戦うだけではありません。僕が教えられることがあれば喜んで」

そう言ってユルゲンはニッコリと笑って部屋を出た。

しばらく扉を見つめていたシャルは、いきなり力が抜けたように椅子に腰を落とした。

「すごい人ね……」

「俺の将来の義兄《あに》だからな」

あれぐらいでなければリーゼ姉上を捕まえることはできないだろう。

そんなことを思いつつ、俺たちは動き始めたのだった。

第二章　侵攻準備

Episode 2

1

その日はついにやってきた。

「殿下、出迎えの準備が整いました」

「わかりました。失礼のないように」

「承知しました」

「よろしくお願いします。機嫌次第で俺への扱いが変わるので」

そう言って俺はユルゲンに頭を下げた。

切実に。

なにせ出迎える相手は理不尽の権化、リーゼ姉上だ。

失礼があれば倍返しが俺に飛んでくる。

出迎えには五千の騎士が出る。

帝国皇女にして帝国元帥の出迎えだ。これでも大人しいほうだろう。

「リーゼロッテ殿下はアルノルト殿下が活躍したことを喜んでおりました。心配する必要はないかと」

「まだあの人のことがわかってないみたいですね。あの人にとって弟はおもちゃなんです。おもちゃの扱いは機嫌次第。些細《ささい》な事で理不尽が降ってくるんですよ」

「愛ゆえかと」

「……」

返す言葉が見つからず、俺は肩を落としながら退室を促す。

そして誰もいなくなった部屋で盛大にため息を吐《つ》いた。

「……嫌だなぁ……」

帝都で適当に過ごしているときに会うならまだしも、こうして役職を持った状態でリーゼ姉上と会うなんて地獄だ。

しかも地獄が向こうからやってくる。回避不可能。こちらを自動追尾してくる以上、受けて立つしかない。

果たして俺の防御が持つのかどうか。

試されるのは弟力。

どれだけ姉の機嫌を取れるかですべてが決まる。

「アル様！　お菓子が焼きあがりました！」

「さすがフィーネだ！　よくやってくれた！　これで武器は揃《そろ》ったぞ！」

朝からフィーネにはお菓子作りを頼んでいた。

甘い物があればそこそこ機嫌がよくなることは周知の事実。

これで勝率はグンと上がるだろう。

「勝ったな！」

■■■

五千の騎士たちがリーゼ姉上の出迎えの準備のため、門の前に二列で整列した。

騎士たちによってつくられた道。

そこを数騎の側近と共に走ってくるのは、青いマントを翻した金髪の女性。

帝国第一皇女にして帝国元帥、リーゼロッテ・レークス・アードラー。

帝国一ヤバい女が来たのだ。

「――わざわざ北部全権代官が出迎える必要はなかったぞ？」

「役職は関係ありません。弟が姉を出迎えるだけですから」

そう言って俺は馬上のリーゼ姉上に頭を下げる。

「ようこそ、お越しくださいました。長旅お疲れ様です、リーゼ姉上。ご壮健そうでなによりです」

「お前も元気そうだな？　アル」

「姉上には負けますよ」

そう笑顔で返しつつ、俺は内心でガッツポーズをしていた。

完璧だ。

完璧な流れを演出している。

いつぞやのようにやり直しをさせられることもないだろう。

そう自分で自分を称賛していると。

姉上の目つきが鋭いものへ変わった。

「ところで……これは何の騒ぎだ？」

「えっと……リーゼ姉上の出迎えですが……」

「愚か者。出迎えにこれだけの兵を割けるなら民のために動かせ」

「い、いえ、ちゃんと他の仕事には支障がないようにはしていまして……」

「これだけの兵がいれば新たなこともできるだろう。できるのにやらない理由はないと思うが？」

「ですが……リーゼ姉上は帝国元帥ですし……」

「緊急時に歓迎など無用。よく覚えておけ。民は戦場を見に来たりはしない。民が見る兵の姿は戦場以外の姿だ。だからこそ、平時から民のために動かねばならん。そこで築いた信頼があるから、民は兵士を受け入れてくれるのだ。わかったら、この兵を動かせ」

「りょ、了解しました……」

「ユルゲン。お前がいながらなぜ止めない？　好き放題やらせてどうする？」

「申し訳ありません。僕が至りませんでした」

ユルゲンも頭を下げる羽目になるとは。

くそー、まさか歓迎をいらないと言うとはな。

誤算だった。いつもなら歓迎がないと不満を口にするだろうが、今は非常時。

普段はわがまま放題な姉上だが、それは我慢できないのではなく、我慢しないだけだ。

いざとなれば何もかもを我慢できる人物だ。

読み違えたか。

そんなことを思いつつ、俺は集まった騎士たちの一部を街の護衛に残し、残りは哨戒《しょうかい》任務にあたらせた。

そしてそんなことをしている間にリーゼ姉上はさっさと屋敷の中に入ってしまう。

「機嫌を損ねてしまいましたね……」

「まだです！　こっちにはお菓子があります！」

そう言って俺は前を向く。

ここで機嫌を立て直さないとこれから先、ずっと地獄だ。

とにかく機嫌を取らなければ！

屋敷に戻ると、俺はすぐにリーゼ姉上の下へ向かった。

接待をしていたのはフィーネだった。

「いつもアルが迷惑をかけてすまないな」

「いえ、私のほうが迷惑をかけています。あまり力になれる機会が少なくて……」

「気落ちする必要はない。傍《そば》にいてやってくれ」

「はい！」

あまり面識のない二人だが、リーゼ姉上はフィーネを気に入ったようだ。

親しげに話しかけるのは気に入った相手だけだからだ。

俺はそそくさとリーゼ姉上の傍へと向かうと、フィーネに視線でお菓子の用意を伝える。

「リーゼロッテ様。お菓子を焼いたのでいかがです？」

「ほう？　蒼鷗姫《ブラウ・メーヴェ》のお菓子か。いただこう」

リーゼ姉上は笑みを浮かべて、フィーネの提案を受け入れた。

これはいい兆候だ。

そんな風に思っていると、フィーネが大量のお菓子を持ってきた。

前回は俺の分をすべて持っていかれたからな。

多めに作ってくれるように言っておいた。

それを見て、リーゼ姉上は目を丸くした。

「たくさん作ったものだな？」

「多すぎたでしょうか？」

「いや……」

そう言ってリーゼ姉上は小皿に少しだけお菓子を取ると、残りをフィーネに渡した。

不思議そうに首を傾げるフィーネにリーゼ姉上は告げる。

「来る途中、子供たちが沈んだ表情をしていた。お前から渡してやってくれ。これだけあれば十分足りるだろう」

「で、ですが……」

「私はこれで十分だ。よく作ってくれた。気持ちは受け取ったぞ」

そう言ってリーゼ姉上は有無を言わせずにフィーネを送り出した。

そして俺とリーゼ姉上だけが残される。

「アル、一つ言っておくことがある」

「な、なんでしょうか……？」

「私は大げさに機嫌を取ろうとする奴《やつ》が嫌いだ」

「……ちなみに機嫌を取ろうとしない奴は？」

「嫌いだ」

どっちだよ……。

やはり理不尽の権化か。

「こちらに気を遣わない奴は嫌いだが、過度では鬱陶しい。適度でいいのだ。適度にやれ」

「その適度がわからないんですが……」

「まだまだだな。励め」

何を励めばいいんだろうか。

そんなことを思っていると、リーゼ姉上はいきなり地図を出した。

それは北部国境の地図だった。

「私が下見に行ったことは知っているな？」

「はい、聞いています」

「北部国境守備軍は一度崩れかけた。暫定的に将軍のハーニッシュが北部の国境をまとめている。だが、国境の守備はガタガタだ」

「報告は受けています。主要な砦《とりで》を守るだけで精一杯だとか」

「他人事《ひとごと》のように言うな。お前は北部を任されているのだ。北部国境の問題もお前が解決すべきだと思わんのか？」

「北部国境の問題は軍の問題では……？」

「お前は私の弟だ。つまりそういうことだ」

どういうことだ……？

私の弟なんだから、その程度はやってみせろということか？

　まぁ、藩国侵攻についても関わる問題だから越権行為にはならないだろうが……。

「一応言っておきますが、俺はそこそこ忙しいです」

「ならまだやれるな？　国境の問題が解決するまでは攻撃には踏み切れん。侵攻の隙を突かれて被害が出てはかなわんからな。それに……宰相からの連絡もないしな」

「宰相からの連絡？　そう言えば姉上。聞いておきたかったんですが、東部国境は平気なんですか？　あまり長い期間、姉上がいないとなると」

「私の部下は優秀だ。私がいなくても動けるように訓練されている」

「そうですか……まぁそれならいいんですが」

「それに……時間はかからん。この戦は始まればすぐに決着がつく」

　それはリーゼ姉上が出てきたからというわけじゃない。

　いくらリーゼ姉上でも侵攻作戦では時間がかかる。腐っても藩国は一つの国だ。

　それがすぐに決着がつくとは、どういうことだ？

「意味がわかりません。何か知っているんですか？」

「……極秘事項だ。誰にも喋《しゃべ》るな」

「平気です」

「……宰相とエリクが協力して藩国の貴族を調略している。準備が整えば半数はこちらに付く予定だ」

「二正面作戦にしないためにですか？」

「そうだ。周りの敵は素早く片付け、王国に集中する」

「……あっさり裏切るような奴らは、こちらもあっさり裏切りますよ？」

「放置はしない。あっさり裏切った奴らは、な」

「あっさりではない奴らがいると？」

「……藩国の王女がこちらへの亡命を希望している。珍しくまともな人物のようだぞ？　藩国の良識派の代表だ。慕う民も多い。彼女側の貴族は信頼できるだろう」

藩国の内情は帝国には入ってこない。

藩国の王に王女がいたことも初耳だ。

まぁ良識を持つ人物がいるなら好都合だ。

侵攻した後に藩国を任せることができる。

併合するよりは属国にするほうがいい。

「そういうわけだ。国境の整備にも手をつけろ。準備が整えば、私が東部の騎士たちを率いて出る」

そう宣言した後、リーゼ姉上は席を立つ。

どこへ行くのかと訊《たず》ねると、姉上は当然のように言い放った。

「私は寝る。眠いからな。しばらく滞在するからサボるなよ？」

「……俺に仕事を押し付けてるわけじゃないですよね？」

「押し付けたわけじゃない。譲ったのだ。エリクが藩国の貴族を調略している。手柄が必要だろ？　私は優しい姉だからな」

なんて女だ。

最低にもほどがある。

内心で抗議しつつ、反撃が怖いので表では顔をしかめるだけで済ませる。

早く出ていけと思っていると、姉上が足を止めた。

内心を悟られたかと焦っていると。

「そうだ、アル。ゴードンとの戦は聞いたぞ？」

「な、何か問題でもありましたか……？」

「いや、見事だ。お前とレオらしい戦だったといえるだろう。よくやった、さすが私の弟だ」

それだけ言うとリーゼ姉上は部屋を出たのだった。

意外に機嫌がいいというのは本当だったかもしれないな。

2

コルニクス藩国。

最大の都であるコール。

そこは激しい貧富の差によって、苦しむ民の悲鳴に包まれていた。

だが、貴族も王族もそんな民の声に耳を傾けたりはしない。

藩国は貧しい国ではない。

海上貿易によってそれなりの富を生み出していた。しかし、その富は一部の者に独占されている。それが藩国という国だった。

連合王国の属国扱いではあるが、その実情は半独立国。

連合王国からの干渉もほとんどはね退《の》けていた。

そんな藩国でも連合王国からの正式要請では、帝国との戦争に参加せざるをえなかった。

三年前の帝国との国境での小競り合い、そこからの皇太子の死。

それ以来、藩国はなるべく帝国と関わらないようにしていた。

どのような態度に出ようと怒りを買うことがわかっていたからだ。

しかし、戦争に参加してしまった。

連合王国と共同で北部国境を攻め、ゴードンに加勢した。

そこまでは良かった。

藩国としても北部をゴードンが抑えてくれれば、帝国との緩衝材となってくれるからだ。

問題なのは予定通りにはいかなかったということだ。

ゴードンは負け、頼みの綱である竜王子ウィリアムは敗走した。

今や藩国を守る勢力はいない。

独力で帝国に対抗しなければいけないのだ。

降伏など認められるわけがない。

輝かしい未来を約束されていた皇太子を死に追いやったのだ。その怨《うら》みはどす黒く、深淵《しんえん》よりも深い。

その怨みと怒りは藩国の国民にも向く。貧困に喘《あえ》ぐ藩国の民たちは、帝国軍がいつ攻めてくるのかと震えていた。

王族や貴族は逃げればいい。だが、民には逃げる力すらない。

王族や貴族が逃げたあと、標的にされるのは藩国民である。

それがわかっているから、藩国の民は暗い表情で日々を過ごしていた。

だが。

「ドーン、ですわ」

そんな藩国で暗躍する者たちがいた。

朱色の仮面を被《かぶ》り、魔弓を操る義賊・朱月の騎士《ヴァーミリオン》。

国難の中、民のために動くヴァーミリオンは民の心の支えだった。

この日も貴族が不正に蓄えた金銀財宝を運搬する馬車を襲撃したヴァーミリオン、ミアは遠くから瞬時に護衛を無力化してみせた。

以前までミアが追っていた魔奥公団《グリモワール》は、帝国での失敗の後に藩国から姿を消していた。

貴族とも深いつながりを持っていた魔奥公団が、居心地のよい隠れ家をどうして捨てたのか。

詳しい理由はミアにはわからなかった。

ただ、藩国から逃げ出す気持ちはわかった。

今の藩国では帝国の侵攻には対抗できないからだ。

一応、まだ捜索はしているが痕跡は見当たらない。

魔奥公団は藩国を見限ったのだ。

だが、ミアは藩国のために動く義賊。

以前のように藩国を拠点にしているならまだしも、組織ごと藩国から離れたならわざわざ追いかける必要はない。

ミアの助けを必要とする人物は藩国にはまだまだいるからだ。

「さてと、さっさと片付けようですわ」

襲撃した馬車に載っていた財宝は大きな袋で四つ。

それを簡単に背負うとミアはその場を離れようとする。

だが、そんなミアを待っていたかのように大勢の兵士が迫ってきた。

「いたぞ！　朱月の騎士だ！　捕らえろ！」

「今日は早いですわね！」

いつもなら警戒していても駆けつけてくるのはもっと後だ。

この馬車の持ち主は囮《おとり》にされたのだろうと察し、ミアはため息を吐《つ》く。

貴族に連帯感など皆無だ。

それを見せつけられると帝国との戦はやはり絶望的だと思わざるをえない。

そんなことを思いながら、ミアはその場から逃走を図る。

だが、今回はなかなかに厳重な包囲網が敷かれていた。

奪った宝物を持っていては少々辛《つら》いかもしれない。

「捨てるのはもったいないですわ……」

屋根の上を走りながらミアは呟《つぶや》く。

どこか包囲に穴がないものか。

周りを探っていると、突然矢が兵士たちを襲った。

「ぐわぁぁぁぁ!!」

「なんだ!? どこから撃ってきている!?」

闇夜の中、遠方からの狙撃。

しかも兵士たちの足ばかりを狙い、周りの足止めをしている。

神業ともいうべき腕だ。

それを見て、ミアはすぐにその包囲の穴を抜けた。

「またお節介さんですわね」

呟きながら、ミアは人気のない路地裏へと降りた。

周りを見渡すが、人の気配はない。

だが、ミアは言葉を発した。

「たまには姿を現したらどうですの？」

その言葉の後、闇の中から一人の人物が姿を現した。

青い仮面を被り、黒い服に身を包んでいる。

その手には一本の弓。

先ほどの狙撃はこの人物のものだった。

「何か用か？　ヴァーミリオン」

「ええ、余計なお世話ですわ。ファーター」

現在、藩国で活動する義賊は二人。

一人はヴァーミリオン、もう一人が青い仮面のファーター。

突如として現れたファーターは、ヴァーミリオンのように弱い者を率先して助ける義賊ではない。

だが、藩国からはヴァーミリオン以上に警戒されていた。

藩国が嫌がることを的確にやってくるからだ。

連合王国からの兵糧を藩国はゴードンに届ける任務を受けていた。

最初は上手《うま》くいっていたが、このファーターが現れてから上手くはいかなくなった。

どれだけ極秘に事を運んでも、ファーターは輸送団の居場所を見抜いて襲撃する。

その兵糧は藩国の民にもたらされ、結果的に民の飢えが解消された。

ゆえに義賊と呼ばれているが、ファーターがしているのは民の救済ではなく、藩国への嫌がらせ。

ヴァーミリオンとはその点が決定的に違っていた。

「余計なお世話だったなら謝ろう。第二陣、第三陣がいたんでな」

「えっですわ!?」

「君が捕まると私もやりにくくなる。身の安全にはもっと気をつけることだ」

それだけ言うとファーターは姿を消した。

それを見てミアは顔をしかめる。

助けられるのはこれが初めてではない。

いつもどこからか現れ、小さな助太刀をしてくる。

だからといって全面的に協力するわけではない。

何のために藩国へ嫌がらせをするのかもわからない。

「一体何者なんですの……?」

疑問を抱きながらミアもその場を離れたのだった。

■■■

そこから少し離れた空き家の中。

そこでファーターは仮面を取っていた。

「やれやれ……この俺があの陰険仮面の真似《まね》をすることになるとはな……」

ファーターの正体はＳＳ級冒険者、ジャックだった。

シルバーとの約束通り、ジャックは正体を隠して藩国の上層部を混乱させていた。

その過程で娘と思われるヴァーミリオンと接触することもできた。

ジャックはヴァーミリオンが娘だとほぼ確信していた。弓の引き方があまりにも自分と似ていたからだ。

だが、向こうはいまだに警戒しているため、仲良く協力というわけにはいかない。

ヴァーミリオンについていき、そこで自らの師匠がいれば確定的だが、それはあくまで協力関係による形でなければいけない。

あとを追って居場所が割れれば、危険に晒《さら》すことになる。

なにより。

「嫌われるわけにはいかないからな」

そう言いながらジャックは自らの匂いを嗅ぐ。

毎日水浴びをしているが、汗臭くはなかっただろうか？

汗臭い父親では娘に嫌われてしまう。

「そういえば藩国の貴族が良い香水を仕入れたとか聞いたな？　襲撃しとくか」

そう言って私利私欲を隠すことなく、ジャックは再び仮面を被ってファーターへと変身するのだった。

3

「さすがはドワーフだな」

避難民の街を作る計画は順調だ。

職人として最高級の腕を持つドワーフたちが日夜動いてくれている。

大きな村程度の規模だが、もう人が住める物になっていた。

「わっはっは!! そうだろ? そうだろ? さすがだろ? もっと褒めろ!」

「これはマカール王」

見物に来た俺の後ろから豪快な笑い声が聞こえ、振り向くとそこにはたっぷりとした髭《ひげ》を蓄えたドワーフがいた。

名はマカール。

ドワーフの王だ。

その手には大きなジョッキが握られており、まるで水かのように中身を飲んでいる。

しかし、中身はドワーフ特製の酒だ。普通の人間なら強すぎて飲めたもんじゃない代物だ。

「我らドワーフの技術は大陸一だ! それに目をつけるとはさすがあのお姫様の弟だ!」

「要請に応えていただき感謝しています」

「堅苦しい! 帝国には借りがある! 困ったらお互い様だ!」

豪快に笑いながらマカールは酒を飲む。

作業をしていたドワーフたちも、王の姿を見ると喜々としてジョッキに酒を注《つ》いで飲んでいる。

献杯くらいのノリかもしれないが、豪快すぎてちょっと引く。

そしてまだ仕事中なのによく酒が飲めるな。

繊細な作業もあるはずなんだが。

「皇子！　皇子もどうだ⁉」

「あいにくドワーフの酒を飲めるほど酒豪ではないので」

「それもそうか！　あのお姫様は顔色変えずに付き合ってくれるから忘れていたぞ！」

わっはっはとまたマカールは笑う。

リーゼ姉上は酒豪だ。とにかく酒に強い。

だからといって、ドワーフの酒まで飲めるとは。

外だけじゃなくて中も頑丈か。困った人だ。

「マカール王、お礼の話をしたいのですが？」

「お礼？　ああ、そうだったな。あの公爵に誘われるままに来たからな！　俺だけなら美味《うま》い酒でいいと言うところだが、これでも王だからな！　向こうで話すとしよう！」

すっかり忘れていたという感じだな。

さすがに豪快すぎないか？

まぁこういう性格だから帝国に自治領を許されているとも言えるか。

もっと狡猾《こうかつ》なら帝国から警戒されて、自治領など許されない。

近くにある小屋。ドワーフたちが仮住まいとして建てたものだ。

そこに入ると、マカールはドシッと腰を下ろした。

「面倒な腹の探り合いは好みではない！　俺が求める物は領地だ！」

いきなりマカールはそう言ってきた。

とんでもない要求だが、仕方ない要求でもある。

「ではこちらも正直にお返ししましょう。マカール王の領地を拡大するのは難しいかと」

自治領の拡大はそれだけドワーフの影響力が増すということだし、自治領の周りにいる貴族から領地を取り上げる必要も出てくる。

それは難しい。

だが、理解もできてしまう。

「各地に散っていたドワーフの方々は時間をかけてマカール王の下へ戻ってきているとか？」

「そうだ。さすがに自治領が手狭になってきた。拡大したい」

「その案件は俺ではどうすることもできません。もちろん宰相や父上に話すことはできますが、大した力にはなれないでしょう」

「そうか……うーむ、難しいなぁ」

本当に難しいといった表情をマカール王は浮かべた。

なんとかしてやりたいが、問題が大きすぎる。

「皇子、何か策はないか？　協力したのだ。そちらも協力してくれても罰は当たらんだろ？」

「策ですか？」

「そうだ。エゴール翁《おう》の付き人が皇子なら何とかできるかもしれないと言っていてな」

「なるほど」

きっとこの問題は自治領内でも話し合われていたはず。

その時にソニアも意見を求められたんだろう。

ドワーフの問題を考えるハーフエルフというのも面白いな。

しかし難題であることには変わりない。

あまりドワーフに肩入れすると俺が睨《にら》まれる。

そこらへんのバランスを考えると。

「ご自分の領地という形には拘《こだわ》りませんか？」

「拘らん。必要なのは生活する場だ」

「では……北部に一部のドワーフを入植させるというのはいかがでしょうか？　北部はいまだ復興途上。ドワーフの仕事はたくさんあります。そしてドワーフの工芸品や技術でお金や人を回すこともできます。北部には大きな益ある入植といえます」

「おお！　いい案だ！　それで行こう！」

「残念ながら俺は代官です。復興が一区切りすればこの地を去ります。この問題は北部貴族との話し合いが必要となるでしょう。父上はこちらで何とかします。マカール王は北部の代表者と協議をお願いします」

「それもそうだな。こちらも入植させる者を選ばねばならん」

「入植して終わりというわけではありません。人とドワーフ。違う種族ゆえに衝突もあるでしょう。そのたびに頭を悩ますことになります。それでも構いませんか？」

「それも王の役目と引き受けよう！　民のために頭を悩ませられるのも幸せというもの。国を失ったとき、その幸せを一度失ったからな」

少しだけマカールが後悔の混じった表情を浮かべた。

皇国に侵攻を受けたとき、ドワーフたちは全力で抵抗した。

しかし、国は守れなかった。

国の規模が違いすぎた。どれだけドワーフが勇猛でも負けは見えていた。

「降伏しなかったことを悔いていますか？」

「我らはドワーフの誇りにかけて戦った。命が助かったとしても、皇国に奴隷のように扱われるのは我慢ならん。だから戦った。それは後悔していない。俺が後悔しているのは隣国に助けを求めなかったことだ。当時、帝国は王国と戦争中だった。助けてくれるわけがないと決めつけ、何も言わなかった。そして負けた後に帝国に頼った。皇国よりはマシという判断だったが……帝国は体を張って我らを守ってくれた。強硬な態度を崩さなかったため、我らが皇国に悩まされることはその後なかった。皇帝とミツバ殿には感謝しかない」

そう言うとマカールは立ち上がる。

そして豪快な笑みを浮かべた。

「この地のため、我らは全力で協力しよう。恩人の子である皇子を信じ、この帝国の地に住む人たちを信じ、我らは励む。その対価というわけではないが……一つお願いを聞いてくれないだろうか？」

「聞ける範囲であれば」

「国を失った者として、国を失う悲しみがよくわかる。そのときにどれほどの犠牲が出るかも、だ。帝国にとって藩国が憎き敵だということはよくわかっている。だが、その民に罪はないはずだ。力の差は歴然。いらぬ犠牲は出さないでほしい」

「それは俺にではなく、リーゼ姉上に言うべきでは？」

「すでに言った。考えておくと返されただけだ」

リーゼ姉上らしいな。

安易な約束はしなかったか。

リーゼ姉上は長兄を一番近くで見てきた人だ。

藩国への恨みは誰よりも深い。

だが。

「その願いは不要です。俺は藩国の民を害する者を見過ごす気はありません。すでに約束があるので。俺は俺のできる範囲で藩国の民を守ると約束しています。とある人物と」

「ほう？　そんな約束を受けるとはな。変わっているな？」

「よく言われます」

「だが、好ましい。俺は馬鹿のほうが好きだからな！　その約束が守れたなら、アルノルト皇子。貴公は大陸中のドワーフの信を獲得するだろう」

「期待しておきます」

そう返すとマカールはニヤリと笑って、豪快に酒を飲みながらその場を後にしたのだった。

4

復興は順調だ。

東部の商人たちによって食料の問題が解決され、彼らが北部の軍馬に目をつけたことで人の行き来も始まった。

避難民の街もドワーフたちの協力によって形になりつつある。

ドワーフの王であるマカールはシャルを中心とした北部の有力貴族たちと協議の場を持ち、ドワーフの入植について話を始めた。

そのドワーフの入植について、俺は父上に手紙を書いた。

届いた返事は使者を向かわせるというものだった。

詳細は何も知らされていない。

「誰が来るのやら」

「陛下の使者なら宰相じゃないかしら？」

「藩国の調略に忙しい宰相が来るのは現実的じゃないわよ。皇子の誰かじゃない？」

エルナの答えにシャルが反論する。

その通りなのでエルナは悔しそうな顔をするだけだ。

口じゃシャルには勝てないだろうしな。

「まぁ皇帝の使者に見合う格の人物だ。失礼のないように」

「アルに言われたくないわ」

「アルも誰かさんには言われたくないと思うけど」

「なんですってぇ？」

「何か文句があるの？」

「アルよりはちゃんとしてるわよ！　この前も北部を救ったでしょ!?　もっと感謝しなさいよ！」

「アルの作戦でしょ!?　それに川を怖がってた醜態は忘れないわよ!?」

「怖がってないわよ！　苦手なだけだって言ったでしょ!?」

また言い合いが始まった。

シャルはどうもエルナとは協調できないようだ。

エルナは自分を尊重する相手には尊重で返すが、そうでない相手には対抗する。

だから二人は相容《あいい》れない。

まぁ心底嫌い合っているわけではないから良しとするか。

「頼むから使者の前で言い合いはするなよ？　俺の評価が下がる」

「シャルロッテに言って！」

「エルナに言って！」

声が被《かぶ》る。

それに二人して顔をしかめた。

まったく、息が合ってるんだか合ってないんだか。

「セバス、使者の到着はどれくらいだ？」

「そうですな。そろそろ到着してもよい頃かと」

じゃあ出迎えにでも出るか。

そう思いつつ、俺は紅茶を口に含む。

その瞬間、後ろから声が聞こえてきた。

「出迎えは結構。もういるのでね」

「っ!?」

思わず紅茶を吹き出しかけた。

それは後ろから声が聞こえてきたのと、それが聞き覚えのある声だったからだ。

「セバス、勘が鈍ったんじゃないかな？　易々《やすやす》と後ろを取られるなんて」

「老体を揶揄《からか》うのは感心しませんな。あなたが気配を断って近づけばさすがに気づけません」

セバスがいるとき、俺は結界を張っていない。

セバスが気づかないということがほぼないからだ。

だが、例外は必ずいる。

帝国でもわずかな例外が使者としてやってきた。

俺は急いで椅子から立ち上がり、振り向く。

すると窓から部屋に入ってくる桜色の髪の男性がいた。

その瞳の色は翡翠《ひすい》。

「勇爵⁉　どうしてあなたが⁉」

「お父様⁉」

そこにいたのはスラリとした中年の男性。

見た目的には三十代と言っても通じるだろう。

端整な顔立ちに引き締まった体。しかし、気さくで柔和な笑顔。

間違いなく当代の勇爵、テオバルト・フォン・アムスベルグ、その人だった。

「お世辞にも行儀がいいとは言えない登場の仕方だったのは謝罪しよう。少し君らの様子が気になったのでね」

「心臓に悪いのでやめていただけますか……？」

「はっはっはっ！　この程度で驚くほどやわではないだろ？　北部諸侯を率いて敵軍の真後ろ

に現れたそうじゃないか？　敵のほうがよほど心臓に悪かっただろうね」

「驚かすのは慣れてますが、驚くのには慣れてません」

「それはまずいな。人生は驚いてこそ輝くのだから」

そう言って勇爵はニッコリと笑いながらシャルのほうへ目を向ける。

さすがに勇爵が来るとは思っていなかったシャルは固まったままだ。

「シャルロッテ・フォン・ツヴァイク侯爵だね？　初めまして。テオバルト・フォン・アムスベルグ勇爵だ。新たな雷神にお目にかかれて光栄だ」

勇爵はすっと右手をシャルに差し出した。

シャルはどうしていいかしばらく迷ったが、おずおずと勇爵の手を握った。

「しゃ、シャルロッテ・フォン・ツヴァイク侯爵です……こ、こちらこそお目にかかれて光栄です。アムスベルグ勇爵」

「そんなに緊張しないでほしいね。勇爵と言ったたって何かしてるわけじゃないからね。適当に帝国を散歩しているだけさ」

よく言うよ。

散歩と言いつつ、反帝国組織を壊滅させて回っているくせに。

地方になればなるほど皇帝の目は届かなくなる。

だから勇爵は代わりに赴いて、そういう組織を潰しているのだ。

前は近衛《このえ》騎士たちがその役割を担っていた。しかし、皇帝の警護を重視することになったため、勇爵がその役割を引き受けているのだ。

「さて、もう気づいているとは思うが、私が皇帝陛下からの使者だ。すぐに真面目な話をするかい？　アル」

「いえ、少し時間をください……」

「そうかい……じゃあ」

勇爵の視線が今まで避けられていたエルナに向けられた。

エルナは緊張した様子で背筋を伸ばす。

これはあれだな。

説教だな。

「エルナ……私が何を言いたいかわかるかい？」

「……お、お父様に気づけなかったことでしょうか……？」

「わかっているじゃないか。私が刺客ならアルの首は飛んでいたよ？」

「も、申し訳ありません……」

「謝って済むなら近衛騎士はいらない。帝国の状況を考えれば、皇族一人一人の存在価値は高まっている。ましてやアルは北部全権代官だ。いまや皇帝が重用する皇子の一人と言えるだろう。だから君がここにいる。仲がいいから君が派遣されたとでも？」

「……」

「もう少し落ち着きを身につけなさい。いまだに君を近衛騎士団長にという声が出てこないのは、そういうところが原因だと心得ることだ」

「はい……精進します……」

見るからに落ち込んだエルナを見て、俺はため息を吐《つ》く。

相変わらずだな。この二人は。

エルナは勇爵には頭が上がらない。

「勇爵。エルナはよくやってくれています」

「君はいつもエルナを甘やかす。だからこの子は君の前ではいつも気を抜くんだ。幼い頃だってね」

「お互い様ですから。エルナが護衛でいつも助かっています」

「やれやれ……あまりアルに甘えないように」

「はい……気をつけます」

落ち込むエルナを見て、勇爵は一つ息を吐く。

勇爵から見ればエルナはまだまだという感じなんだろう。

まぁ親だからつい厳しく見てしまうというのもあるはずだ。

「さて、じゃあ私はリーゼロッテ殿下に挨拶でもしてこよう。真面目な話はその後でいいかな？」

「はい。助かります」

「ツヴァイク侯爵。申し訳ないが、案内を頼めるかな？」

「は、はい！　こちらです！」

そう言って勇爵はシャルと共に部屋を出ていった。

足音が遠ざかるのをしっかりと聞いて、俺とエルナは同時に深く息を吐いた。

「はぁ～……よりによって使者が勇爵だなんて……」

「寿命が縮まったわ……」

「あの方の前ではお二人とも子供ですからな」

セバスの言葉に俺は嘆息する。

どうしてこう、思い通りにいかない人間ばかり来るんだ。

嫌がらせの臭いを感じる。

しかし、同時にそこまで意味のないことを父上がするとも思えない。

「仕返しと実益を兼ねた人選か……」

勇爵の言う真面目な話はもしかしたらドワーフの件だけじゃないかもしれないな。

5

「さて、真面目な話といこうか」

夜。

部屋には俺と勇爵しかいない。

完全な人払いのうえで話は始まった。

「ドワーフの一件だけではないですね？」

「もちろん。それだけのために皇帝陛下は私を派遣したりしないさ。もちろん、ドワーフの一件も大事ではあるけれどね」

「じゃあドワーフの一件についてからお願いできますか？」

「よろしい」

勇爵はにこやかに答えながら、紅茶を一口飲んだ。

相変わらずどんな所作でも様になる人だ。

「皇帝陛下はドワーフの一件については概《おおむ》ね認めるということだ」

「概ね？」

「北部貴族は以後、他国からの入植に積極的であること……つまりドワーフだけで終わらせるなということだね」

「藩国から流れてくる民も受け入れろということですか？」

「藩国だけじゃない。王国の民も来るかもしれない。ダークエルフとの一件で問題を抱えるエルフたちも受け入れる必要があるかもしれない」

「すべて北部に押し付けると？」

「前例がないことだ。前例を作るならその後も積極的に動いてもらわねば困る」

「土地には限りがあります」

「陛下は皇帝領を手放すようだよ」

それに俺は少なからず驚きを受けた。

皇帝領とは各地にある皇帝直轄の領地のことだ。

大抵は特殊な土地で、金だったり、宝玉が取れたりする山がある。それらを手放すということは、それらを北部貴族に渡してもよいということだ。

利権を渡すから土地を渡せという交渉をするということか。それなら北部貴族は喜んで土地を渡すだろう。

「中央と北部との関係は悪化する一方だった。そのため北部は他の地域と比べて閉鎖的だ。それを解決したいと陛下は思っているんだ」

「皇帝の権限で土地を取り上げないのは、北部貴族の感情を考えてのことですか？」

「そうだね」

「しかし、皇帝領の価値は土地よりもはるかに重いかと」

戦功をあげたのに領地の一部を取り上げられては不満がたまる。

だから別の物と引き換えということはわかる。

しかし、ただ土地を得るだけにしては代償がでかい。

「褒美は渡す。しかし、それだけでは足りないと思っているのさ」

「償いですか？」

「そうだろうね。そして投資でもある。皇帝領の利権が北部の物になれば、北部はより栄える。

復興も順調に進むだろうさ」

「助かりますが……どの北部貴族と取引をするつもりですか？」

「任せるそうだよ。皇帝領の取り扱い自体を君に委ねるそうだ」

「丸投げじゃないですか……」

「皇帝が渡した物ではなく、君が勝ち取った物だとしたほうが受け入れやすいという判断だね」

「それでは父上の評価が上がりません」

「私もそう言ったが、代替わりを待つ皇帝の評価など気にする必要はないそうだ」

このまま北部から嫌われたまま退位する気か。

北部からの悪感情は引き受けるといったところか。

北部に渦巻いていた皇族への悪感情は薄まった。しかし、皇帝への悪感情はいまだに残っている。

「損な人だ……」

「君がそれを言うかな？」

クスリと笑いながら勇爵は座っていたソファーから立ち上がった。

そして部屋をグルリと一周する。

周りを警戒しているんだろう。

「失礼、誰にも聞かれるなと言われているのでね」

「構いません。あれなら場所を移しますか？」

「それには及ばない。目立つ動きをしても仕方ないからね」

「あなたが来るのが一番目立つんですが？」

「問題ないさ。私はエルナを鍛え直しに来たということにする」

「……動向が探られていると？」

「その心配があるということさ。さて、本題だが……皇族は今、攻撃に晒《さら》されている。今回の帝位争いは誰かの手のひらの上にあるやもしれない」

今回の帝位争いはおかしい。

そう言った人物は二人。

目の前にいる勇爵と天才軍師と言われたソニアの養父。

どちらも鋭い観察眼を持つ人物だ。

しかし明確な証拠がなかった。

だが、俺がその証拠を見つけ出す前に父上がそれを切り出すとは思わなかった。

「……証拠があるんですか？」

「明確な物はない。だが、皇帝陛下とミツバ殿の見解では、妃《きさき》経由で皇族が何らかの呪いを受けているのでは？　ということだ」

「母上も同じ考えなのですか？」

「むしろ答えにたどり着いたのはミツバ殿だそうだ。最初は第二妃の遺言だった。ミツバ殿以外の妃を信じてはいけないと陛下に伝えていたそうだ」

「……不干渉を貫く母上ならば子供に影響を与えることはないと？」

「そういうことだ。第二妃はわざと呪いを自分に集めて亡くなった。自分の変化を感じて、自らを裁いたと考えることもできる。皇帝陛下に最も影響を与えられる妃だったからね」

「確かにゴードン兄上もザンドラ姉上も母親からの干渉を受けていました。それが原因で性格が徐々に変わっていったと？」

「そう考えることができるという話だ。まだ詳しいことはわからない。第二妃の遺言から発生した憶測だ。しかし……状況を考えれば筋も通る」

何もなかったと言われるより、裏で糸を引いた者がいると仮定したほうがすっきりする。

しかし、その憶測が正しかったとして、だ。

「残る懸念はエリク兄上とコンラート兄上ですか？」

「そうなる。コンラート皇子は第四妃から期待されなかったが、代わりに第三妃が面倒を見ていたからね」

「大人になってからは距離を取っていたと思いますが……結局はエリク兄上についているあたり、交流は裏であったんでしょうね」

「自らの母を殺すほどだからね。公にはなっていないが、コンラート皇子は謹慎中だよ。実母を殺した皇子を称賛する気にはなれなかったらしい」

「当然でしょうね。父上の周りには近衛《このえ》騎士がいたわけですし、わざわざ手を下さなくてもよかった。エリク兄上と繋《つな》がっているならなおさらです。いざとなったら父親も刺すでしょうし」

「そうだ。だからこそ、アル。君の役割が重要になってくる」

わざわざ俺にこの話を持ってきたのには理由がある。

もしもエリクが呪いを受けているとしたら、危険視するのはレオと俺だ。

だが証拠はない。

だからこそ動いてもらいたいわけだ。

「餌を撒《ま》けと？」

「そうだ。皇帝陛下が気づいたのではなく……君が気づいたということで動いてほしい。藩国を攻めこむ際、皇太子の死について再調査を訴えてほしい」

「囮《おとり》ですか？」

「そうなるね。断っても」

「いいえ、やりましょう。ただし条件があります」

そう言って俺はすでに冷めた紅茶を飲み干す。

標的を俺に移させるということは俺が派手に動くということだ。

最も警戒すべきは暗殺。

そうそう成功するものじゃない。

俺とレオを同時に狙うことはできない。

邪魔なほうを狙うだろう。その邪魔なほうに俺はならなきゃいけない。

面白い。

「聞こう」

「俺は俺のやり方でやります。最後まで俺を信頼してくれるなら引き受けます」

「……問題ない。皇帝陛下は子供たちの中で……君を一番信頼している。君が自ら牢屋《ろうや》に入ったあの日からね」

その言葉を聞き、俺はニヤリと笑うのだった。

6

異次元。

俺は目の前の戦いをそうとしか表現できなかった。

「今からアルを暗殺するから頑張って防ぎなさい」

そう言って勇爵は何もないただ広いだけの平原の真ん中で、木剣をもって攻撃してきた。

防ぐのはエルナ。こちらも木剣。

あくまでこれは訓練だ。

勇爵が父上の命令でエルナを鍛え直す訓練。

だが、理由はどうであれ勇者と勇者がぶつかり合っている。

無事で済むわけがない。

「くっ……！」

巻き起こる突風に吹き飛ばされないように姿勢を低くしなければいけない。

互いに木剣。

込められる力は同じだ。

壊れないように振っているのに、剣圧だけで突風が巻き起こる。

目だけじゃもう何が起きているのか把握しきれない。

かろうじて打ち合う音を拾えるが、それも四方八方から無数に聞こえてくる。

「常に実力で圧倒するだけだから、苦手がいつまでも克服できないのだよ」

声が後ろから聞こえてくる。

振り返るとエルナと勇爵がつばぜり合いをしていた。

「護衛は苦手じゃ……ありません！」

「どうかな？　攻めるほうが得意なはずだが？」

そう言って今度は勇爵が俺の前に回り込む。

いつの間にと思う前にエルナが勇爵の剣を止めた。

「勇爵家の者は聖剣がなくても勇者でなくてはいけない。振る舞いも、実力も」

「振る舞いはともかく……実力でお父様に劣っているとは思いません！」

そう言ってエルナは勇爵を押し戻した。

そんなエルナに対して勇爵は笑う。

「実力とは剣の腕や戦闘の技術だけではないのだよ」

また声が後ろから聞こえる。

先ほどよりも明らかに速い。

慌ててエルナがその剣を弾《はじ》くが、慌てたせいか、同時に勇爵が放った蹴りを食らって吹き飛ばされた。

「駆け引き、冷静さ、読みの鋭さ。君にはどれも足りてない。戦闘中に正々堂々なんて言葉が通じるのは、そこに誇りを抱く者だけだ。大抵の者は生きるために何でもする。その後に卑《ひ》怯《きょう》と叫ぶだけなら勇爵家など必要ない」

「足りないことは認めます……けれど、二度は通じません」

「その考えが間違っている。二度などないのだよ。そんな考えだから裏切った近衛騎士隊長を逃すんだ。近衛騎士隊長程度も捕まえられないなら我々の存在価値はない」

「それは……」

確かにエルナは裏切った近衛騎士隊長であるラファエルを逃した。

逃げに徹するラファエルを帝都の混乱の中で、仕留めきれなかったのだ。

まぁそんなことを言ったら、その前にアリーダが仕留めそこなっているんだが。

勇爵としてはそこすら比較対象にはならないんだろう。

アムスベルグ勇爵家は帝国の切り札。

他とは別格の存在でなければいけない。その強さがアムスベルグ勇爵家を支えてきたからだ。

「敵の話に動揺し、動くのが遅れる。昔、教えたはずだ。敵の話は地面に這《は》いつくばらせてから聞けと」

勇爵がエルナの後ろに回り込む。

エルナは何とか剣を受け止めるが、また吹き飛ばされた。

しかし、すぐにエルナは体勢を立て直し、俺の傍《そば》に戻ってきた。

「はぁはぁ……」

「苦戦してるな？」

「お父様だもの……」

「だからといってすべて正しいとは限らない」

俺はエルナにそう言うと勇爵へ視線を向ける。

勇爵は微笑《ほほえ》みを崩さない。

どうも余裕な表情を見ると、それを崩してみたくなる。

我が家の悪い癖だ。

「勇爵。あなたの言うことは正しい。エルナは近衛騎士隊長程度を逃した。それは勇爵家としては失態だろう。だが、あの日、帝都で俺の傍にやってきたのはエルナだ。あなたではない」

俺の言葉に勇爵は苦笑する。

俺の話には乗ってくれるらしい。

あくまで標的はエルナということか。

「やれやれ……君はそうやっていつもいつも」

「——あの場にいた者と駆けつけることもできなかった者。どちらが役に立ったか？　子供でもわかると思うが？」

「まったくもってその通りだ。私が言うなと言われたら、何も言えない。だが、アル。そうやっていつも君がエルナを助けられるわけじゃないんだ。あまり甘やかさないでほしいね」

「俺が至らなきゃエルナが助け、エルナが至らなきゃ俺が助ける。俺たちはそうやって歩いてきた。それは——これからも変わらない」

「エルナが至らなければ君が命を落とす。その自覚はあるかな？」

「結構。とうの昔に俺はエルナに命を預けている」

「君は本当に……昔から人を励ますのが上手《うま》いな」

「そうでもありませんよ。さて、勇爵。覚悟はいいですか？　俺の幼馴染《おさななじみ》はあなたが思うほど弱くはない」

瞬間、エルナが勇爵に接近した。

護衛としては賭けだ。

速度にさほど差はない。

勇爵が俺に意識を向ければ、エルナは俺を守るために退《ひ》かなければいけない。

しかし、エルナには自信があったんだろう。

勇爵との差は、駆け引き、冷静さ、読みの鋭さ。どれもすぐには身につかない。

だが、単純な戦闘能力で劣っているわけじゃない。

だから真っ向勝負に持ち込んだ。

勇爵が動く前にエルナは重い一撃を勇爵に見舞う。

受け止めるしかなかった勇爵は、そのままエルナと足を止めて打ち合った。

「まったく……元気な娘だな！」

「お父様の娘ですから！」

「私が見たかったのは君の成長で、君たちの連係ではないのだがね！」

「連係だって実力です！」

そう言ってエルナは勇爵を圧倒する。

しかし、防戦一方の勇爵も負けてはいない。

エルナの木剣にヒビが入った。

受け止める際、同じところばかりを狙われていたのだ。

しかし、エルナは気にせずに渾身《こんしん》の一撃を放つ。

そしてどちらの木剣も耐え切れずに折れた。

「引き分けか……」

「いや……成長を見ないことには帝都には帰れないのでね」

そう言って勇爵は空に手を掲げた。

その意味を理解したエルナも手を空に掲げる。

聖剣を呼ぶ気か。

やりすぎな気がするけど……ちゃんと父上の許可を取ってるんだろうか？

これ、俺の責任にならないよな。

やる気満々な二人の勇者に制止をかけるわけにもいかず、俺は諦めて成り行きに任せることにした。

聖剣は世界に一つ。

最も勇者の素質に溢《あふ》れた者の手に降りてくる。

『我が声を聴き、降臨せよ！　煌々《こうこう》たる星の剣！』

『勇者が今、汝《なんじ》を必要としている‼』

空から光が降ってきた。

それは眩《まばゆ》い光を放って、やがて銀の剣へと変化する。

それを手にしたのは――エルナのほうだった。

「……聖剣はエルナを選んだか」

「勇爵、これでエルナの成長を実感できましたか？」

「まぁそれなりには成長していると認めよう。だが、覚えておくように。私は十五の頃には親から聖剣を奪っていた」

負けず嫌いめ。

やはりエルナの父親か。

クスリと笑って勇爵は俺たちに背を向けた。

「じゃあ私は帝都に戻るよ。アル、エルナをよろしく頼む」

「了解です。勇爵も父上を頼みます」

「心得た」

そう言って勇爵はその場を後にしたのだった。

7

「勇爵は帰ったか？」

「ええ、用が済んだそうなので」

「相変わらず自由な方だ」

「リーゼ姉上には負けるかと……」

仕事をしている俺の部屋で、堂々と紅茶を飲んでいるのは自由すぎるだろう。

邪魔だと言いたいが、言ったらどうなるかわからないので言えない。

「リーゼロッテ様。お菓子ができました！」

「うむ、いただこう」

当然のようにフィーネにお菓子を作らせて、作ってきたお菓子の半分以上を自分で食べてしまう。

俺のほうには申し訳程度にしか回ってこない。

「姉上……何かやることはないんでしょうか？」

「ない」

「……」

自分が暇だということをこれほど堂々と言えるのも珍しい。

まぁ侵攻指揮を執る将軍だし、本番は戦になってからだ。

それまで暇なのはわかるが。

「騎士の訓練とかしなくてもいいんですか？　ご自分の部下とは勝手が違うかと」

「私より私を知っている者がみっちりと鍛えているから平気だ」

「ああ、なるほど……」

ユルゲンが訓練を担当しているのか。

リーゼ姉上ならどう動くかなんて、あの人にとっては手に取るようにわかるだろうしな。

それを騎士たちに伝えるのも上手くやるだろう。

適材適所だ。絶対に姉上がやるよりも上手くいく。

姉上が出張ったら、戦前に何人かが使い物にならなくなるだろうし。

「アル。手が止まっているぞ？　仕事をしろ」

「……はい」

なんだろう。

この理不尽さは。

しかし逆らえない。

しょうがないから俺は手と目を動かす。

確認しなきゃダメな書類はいくらでもある。

そんな俺の部屋にさらに書類がやってきた。

「アル、これはドワーフたちの入植用の書類よ。受け入れ可能そうな貴族の候補も書いておいたわ」

「やれやれ……」

「手伝いが必要？」

俺の顔を見て、書類を持ってきたシャルが苦笑する。

俺はそんなシャルの申し出に頷《うなず》く。

「仕方ないわね」

「フィーネと一緒にこれをチェックしてくれ」

「わかったわ。フィーネはここを、私はここをやります」

「はい！」

そう言ってシャルとフィーネは部屋の隅にある机で仕事を始めた。

その間、俺の横にいるエルナは何も言わない。

「珍しいな？　エルナ」

「何がでしょうか？　リーゼロッテ様」

「護衛に専念しているようだな？」

「護衛ですから」

余計なことには口を出しません。

そう告げるエルナを見て、珍しくリーゼ姉上が目を丸くした。

勇爵から色々と言われて、エルナも考えを改めたらしい。

「最初からそうだったら楽だったんだけど？」

「そうね。あなたも自分の仕事をしたら？」

シャルの一言に対して、エルナは一瞥《いちべつ》もせずに返す。

余裕ある対応だ。

これでシャルが余計な一言を言ったことになる。

シャルもそれを察したのか、顔をしかめながら自分の仕事に専念し始めた。

それを見て、エルナはしてやったりといった顔をした。

表面は取り繕ってもエルナはエルナだな。

「エルナ。勇爵から何か指導をしてもらったそうだな？」

「はい。いろいろと教えていただきました」

「充実した指導だったようだな」

そう言うとリーゼ姉上は何度かうんうんと頷く。

そして。

「ところで、アル」

「なんでしょうか？」

「レオは聖女を妻に迎えるつもりのようだぞ？　お前はどうする？」

「……はい？」

空気が張り詰めた。

俺の嫁問題は面倒な話だが、それ以上にその話をすると姉上の夫問題に触れなきゃいけない。

どうする？

触れるべきか？

適当に流すべきか？

グルグルと頭の中で言葉が回る。

そこでフィーネが気を利かせてリーゼ姉上に聞いてくれた。

「り、リーゼロッテ様はどうされるのでしょうか？」

「私の話はしてないが？」

「いやぁ、弟が先に妻を持つというのは」

「安心しろ。そのうち私はユルゲンと結婚する」

「……」

一瞬、意識が飛びかけた。

椅子からずり落ちそうになり、傍《そば》にいたエルナが俺を支える。

今、この人は何と言った？

結婚？

あれだけ父上に急《せ》かされていたのに、興味なしという態度を取ってきた人が？

しかもユルゲンと⁉

どうなってる⁉

「……聞き間違いじゃないですよね……？」

「そのうち、な。まぁそれまでユルゲンが諦めなければ、だが」

「それについては心配ないかと……どういう心境の変化ですか……？」

「……よく知っている者たちが死んでいったからな。私もいつまで生きていられるかわからん。いつまでも私を諦めん物好きを受け入れてやってもいいと思ったのだ」

「縁起でもないことを……」

「どうした？　もっと喜べ」

「理由が理由なので喜びづらいですよ……しかもそのうちって」

「数年以内だ。それまではユルゲンとは友人でいるつもりだ。私は意外に、この関係を気に入っているのでな」

「そうですか……まぁ協力した身としては嬉《うれ》しいかぎりです。おめでとうございます」

そう言って俺は話を終わらせようとする。

最大の返し言葉。

姉上が結婚してから、というのが使えなくなったからだ。

しかし。

「それでお前はどうするつもりだ？」

「……」

「お前とレオはいつも一緒だった。父上もどうせなら二人で婚約発表を、と思っているだろう。双黒の皇子の評判は日に日に大きくなっているからな」

「……俺とレオは似ていますが、俺はレオと違います」

「身を固めたほうが帝位争いは有利に働くぞ？」

「俺は誰かと結婚する気はありません。少なくとも今は」

「だが、お前の意思に関係なくその話は出てくる。藩国には王女がいる。統治するなら血を取り入れたほうがいい。間違いなく、大臣も貴族もお前との結婚をと言い出すだろう。ああ、これは私の考えではなく、ユルゲンの考えだ。つまり当たる確率は非常に高い」

「心配はありがたいですが……皇子ならほかにもいます」

「そうか。意中の者がいるなら父上に伝えておけ。それならば父上も無理強いはすまい」

「結構です」

俺の言葉にリーゼ姉上は苦笑して、そのまま紅茶を飲み干す。

そして座っていたソファーから立ち上がった。

「まぁいい。どうしても無理強いされそうなら東部国境に逃げてこい。匿《かくま》ってやろう」

「そうします。俺は帝位争いが終わったら権力とは無縁な生活を送りたいので」

「はたして許されるかな？」

姉上は笑いながら部屋を出ていく。

まったく、嵐みたいな人だな。

言いたいことを言って帰るなんて。

「困った人だ……」

北部貴族のために俺は俺の自由を賭けた。

父上が俺を本気で藩国の王女と結婚させようとするなら、俺は受け入れざるをえないだろう。

俺は姉上とは違う。

レオを皇帝にという願いがある。

その願いのためにすべてを捧《ささ》げるのもやぶさかではない。

できればしたくないけれど。

そんなことを思いつつ、俺は無言の部屋で仕事を続けるのだった。

8

藩国の都・コール。

中心には藩国の王城があった。

そのバルコニーから一人の少女が顔を出した。

年は十代前半から中盤。

フワッとした肩口までの栗毛《くりげ》が特徴的で、着ているドレスも上質なものだった。

名はマリアンヌ・フォン・コルニクス。

コルニクス藩国を統治する藩王の一人娘、つまり藩国の王女であった。

長年、人質として連合王国に滞在しており、その存在はあまり公にならなかった。

しかし、帝国を攻める際に帰国を許された。

一人娘の帰国に藩王は喜んだものの、すぐにマリアンヌは父より遠ざけられることとなった。

連合王国で育ったマリアンヌは藩国の歪《いびつ》な制度をよしとはしなかった。事あるごとに民は苦しんでいると訴え、具体的な政策まで提案しだした。

やがて連合王国の色に染まった娘を、藩王は自らに近づけることをやめた。意見されることが嫌いだったからだ。

それでもマリアンヌは幾度も意見を口にした。会ってくれない時は手紙を書いた。

国をより良いものにしたかったからだ。

しかし、言葉は聞き届けられなかった。

だからマリアンヌは信頼できる貴族を頼った。

藩国に僅かに残った良識派。

彼らを使って味方を増やした。それは藩王にとっては無視しても問題ない勢力だった。

王女のままごとと思われていた。実際、大した影響力はない。

それでも細い糸をたどってマリアンヌは今日という日を迎えた。

「あなたが……朱月の騎士《ヴァーミリオン》ですか……？」

「……いかにも」

バルコニーに立つマリアンヌの前に、仮面を被《かぶ》ったミアが現れた。

良識派の貴族を使い、マリアンヌはヴァーミリオンに会いたいというメッセージを伝えていた。

普通ならば来ない。

藩国と敵対する義賊。それが藩国の王女の誘いに乗るなどありえない。

しかし、ヴァーミリオンは来た。

民の味方だからだ。

「お初にお目にかかります。マリアンヌ・フォン・コルニクス……残念ながら藩国の王女です」

「……あなたのことは知っている。民のために動いていることも」

なるべく自分の正体が悟られないようにミアは余計なことを喋《しゃべ》らない。

語尾に気をつけるというストレスを抱えつつ、ミアは話を進めた。

「用件は？　手短に」

「……一週間後。私は帝国へ亡命します」

「……手引きをしろと？」

「それは帝国の方がしてくれます。その後、帝国は私からの要請という大義名分を掲げて侵攻するでしょう。それは仕方ありません。この国の体制は内からでは変えられない……ただ民が被害を受けるのは間違っています」

「賛成だ」

「ありがとうございます。ですから、私は私の亡命の機会を使って、できる限りの民を帝国に逃がしたいと思います。あなたの力で藩国から離れたい民を帝国国境付近のパーシヴァル侯爵の下へ集めていただきたいのです」

「……あなただけならともかく、多数の民が帝国に入ることを認めるとは思えない」

「北部を治めるのはレオナルト皇子の兄、アルノルト皇子です。先日、北部の水害に対して聖剣を使われました。自らの評判は気にしない方なのでしょう。型破りではありますが、民を大事に思う方だと判断しました。あの方なら受け入れていただけるかと」

「……」

当人を知っているがゆえに、こんな面倒ごとを背負いこむだろうかとミアは深く悩んだ。

帝都での反乱中。アルは精力的に動いた。

自分のことであり、弟のことだからだ。

しかし、今回は違う。

受け入れる必要性がない。帝国に必要なのは王女であり、その王女ですらいたほうがいい程度だ。

王女は自分の亡命を条件として、民の受け入れを要求するだろうが、果たしてその民の数はどれほどになるか。

ミアには皆目見当がつかなかった。

藩国にはそれだけ逃げ出したいと思っている民が大勢いるからだ。

規模が大きくなればそれだけ亡命は難しくなる。

「……帝国は藩国の民にまで危害を加えない。そう信じて、亡命は一人でするべきかと」

「帝国は民に被害を与えないかもしれません。しかし、藩国の貴族は別です。彼らは自分のために他者を踏み台にすることを当然と考えています。戦争となれば兵士たちに略奪を命ずるかもしれません」

「……」

自国のほうが信用ならない。

とんでもない意見なのに一定の説得力があった。

ミアは仮面の中で顔をしかめる。

王女の亡命とならば藩国も全力で止めるだろう。

軍を相手に逃げることとなる。

「……戦力が足りません」

「パーシヴァル侯爵の兵力では足りませんか？」

「民の護衛はそれでいいでしょう。しかし、軍が出てくれば一たまりもありません。足止めが必要です」

自分がそれを引き受ける。

そう言えたら楽だったが、民の受け入れが難航した場合、アルのことを知るミアは重要な存在となる。

あと一人。

陽動作戦をしてくれる味方がいれば。

「その役目。私が引き受けよう」

自分の背後。

突然現れた男にミアは顔をしかめた。

いつの間に接近されたのか全くわからなかったからだ。

「あなたは……？」

「ファーター。藩国への嫌がらせは私の得意分野だ」

「もう一人の義賊……」

「何をしに来たんです……？」

「協力を申し出に来た。それと王女は監視されていたぞ？」

「えっ⁉」

マリアンヌは驚き、周りを見渡す。

ミアも周りを見るが視線は感じない。

「安心しろ。幻術をかけておいた。だが、藩王は怪しんでいるようだ。動くなら早くしろ」

「……あなたを信頼しろと？」

「信頼するしか手はないと思うが？」

「……囮《おとり》を引き受ける理由は？　死ぬかもしれないのに……」

「……藩国には娘がいる。父として娘のためにやれることはやりたい」

真摯な声にミアはそれが嘘《うそ》ではないと察した。

マリアンヌも同様らしい。

「……最低でも都から軍は出さないことが成功の条件です」

「問題ない。しかし、都以外から追手が来ることもあるだろう」

「それはこちらで何とかします」

「……よろしい。では解散といこう。王女は動くなら早く動いたほうがいい」

「ですが、民に周知するには時間が……」

「一部の民を受け入れたなら、その後も受け入れる。帝国も馬鹿ではない」

王女の仕事は自分と民を受け入れさせること。

それさえ完了すれば、その後は何とかなる。

ファーターはそう諭して動くことを優先させた。

監視をしていたのは手練《てだ》れ。しかも城外から監視していた。

本格的に警戒されている証拠だった。

「では……三日後に動きます。パーシヴァル侯爵の領地で会いましょう」

「わかりました。こちらはこちらで動きます」

「はい……ファーター……あなたもお気をつけて」

「気をつけるほどの相手が出てくれれば退屈しないで済む」

そう言ってファーターは姿を消した。

尊大な物言いにミアは小さく呟《つぶや》くのだった。

「何様ですの……？」

「何か言いました？」

「いえ……では手筈《てはず》通りに」

そう言ってミアはマリアンヌと別れたのだった。

9

「殿下方、お話が」

リーゼ姉上と補給について話をしているとき。

唐突に一人の男が部屋に現れた。

黒装束に身を包み、顔も黒い布で隠している。

身分を示す物は何もつけていない。

それでも俺たちは怪しむことはしなかった。

「宰相の影か」

リーゼ姉上がそう呟き、男のほうに向きなおった。

宰相の影。

それは宰相が裏で使う諜報員《ちょうほういん》の隠語だ。

十一年前。

帝国には公然とした諜報組織があった。宰相直属の組織だった。しかし、王国との停戦協定でその組織の解体が条件に出た。

宰相がその諜報組織を使って辣腕をふるっていたからだ。

王国は幾度も煮え湯を飲まされたその組織を解体しろと訴えたわけだ。

宰相はそれをあっさり承知して、組織を解体した。

だが、すべて無くなったわけではない。

宰相の手足として動く者たちがいる。彼らが宰相の影だ。

しかし数は少なく、基本的には情報収集に専念しているため表には出てこない。

連絡員として来ること自体も珍しい。

「何事だ？」

「藩国貴族の調略は順調です。一週間後、藩国の王女をこちらに亡命させる手筈となっています。その後に攻め込んでいただきたいとのことです」

「こちらの判断で動いていいのか？」

「現場の判断は皇帝陛下の名代であるアルノルト殿下に委ねるとのことです」

「そうか。つまり、私はアルの下につくということだな？」

「形式的にはそうなります」

「だ、そうだが？」

姉上が面白そうに俺に話を振ってきた。

俺は肩を竦《すく》めつつ、答える。

「命令なら引き受けます。独断専行はやめてくださいね？」

「気をつけよう」

気をつけようってあたりがリーゼ姉上らしい。

責任を被せられる側からすると、しないと断言してほしいんだがな。

まぁ無理な相談か。

「王女の亡命は確実か？」

「こちらで手筈を整えています。受け入れる準備をお願いします」

「わかった。もしも不測の事態が起きた場合は？」

「すべてアルノルト殿下のご判断に委ねられます」

「やれやれ……面倒ごとは全部俺か」

例えば王女が死んだ場合。

もしくは藩国が気づいて攻め込んできた場合。

いろいろとパターンは考えられる。

それらに対応するために帝都へ確認を取る必要はないということだ。

与えられた権限は大きい。

しかし、責任もまた重い。

勝手にやれ、けど失敗したらお前のせいだ。

とんでもないことを俺は言われている。

自信がないなら断るべきだが……。

「一々帝都に確認取っていたら、リーゼ姉上が勝手に動くしな……」

「失礼な。私は指示には従うぞ？」

「間違っていた場合は？」

「間違った指示など指示とは言わん」

「……遅れた場合は？」

「遅い指示は指示とは言わん」

「はぁ……」

的確な指示以外、指示と見なさないなんてどうかしてる。

ここらへんがリーゼ姉上に全権を預けない理由だろうな。

まぁ能力はあるし、相手は藩国だ。

厄介なことにはならないだろう。

「わかった。俺の判断と責任において動く」

「では失礼します」

そう言って宰相の影は消えていった。

これで何かあれば全部俺の責任だ。

気楽ではあるが、厄介でもある。

「宰相の影まで動員しているとなると、本格的に短期決戦で仕留める気ですね」

「王国側の戦線が膠着《こうちゃく》しているからな。レオとトラウゴットが交代したところで、あの膠着状態は変わらん」

「リーゼ姉上ならどうします？」

「王国側はかなり周到な準備の上でこちらを攻めてきた。王国側の国境から反撃するのは難しいだろう。だから違うルートを使う」

「藩国からのルートですか」

「そうだ」

藩国侵攻を急ぐ理由は王国側に防衛の隙を与えないためか。

そうなると。

「父上は徹底的に王国を叩《たた》くつもりですか？」

「そうだろうな。帝位争いに乗じて王国は攻めこんできた。これを見逃せば続く国が現れる。それを防ぐ意味もあるだろうが……こちらには聖女がいる」

「……王国の力は半減し、こちらの味方につく者もかなり出る。その間に王国を帝国の支配下にということですか？」

「藩国のように属国というわけにはいかないだろうが、こちらに都合のよい王を担ぎ出すくらいはするだろう。好都合なことに攻め込んできたのは向こうだからな。徹底的にやっても大義名分はこちらにある」

「ですが……王国は連合王国と同盟を結んでいます。いまだに停戦の動きはありませんし、連合王国をどうにかしないと、藩国側からの侵攻も上手《うま》くいきませんよ？」

「それは私も感じている。しかし、父上は連合王国については問題としていないようだ」

「問題にしていない？　どういう意味ですか？」

「どうも竜王子を高く買っているらしい」

その言葉の意味を俺は瞬時に理解した。

ウィリアムは敗戦の将として連合王国に戻った。

連合王国はウィリアムの首を差し出して、帝国と停戦すると読んでいた。

しかし、いまだに動きはない。

ウィリアムにすべてを押し付けることに対して、連合王国が割れているということだ。

連合王国は大陸での領土を狙っている。

藩国を奪われたら、たとえ停戦がなったとしても帝国の動きを見過ごさないだろう。

一番いいのは味方につけること。

だが、野心に満ちた連合王国の王が味方につくとは思えない。

せいぜい中立。それも裏で何をするかわからない中立だ。

そういう状況の中、ウィリアムに期待するということは。

「あのウィリアムがクーデターを起こすとは思えませんがね」

「どうだろうな？　追い詰められたら人間、何をするかわからんぞ？」

「追い詰めても決して裏切らなかった男です。父親に裏切られても、自分から裏切るとは思えません。もしもその可能性があるなら……ゴードン兄上が諭すくらいでしょう」

「では可能性はないということだな」

「あくまで俺の考えです」

もしも俺の知らない何かがあって、それがウィリアムを動かすなら大歓迎だ。

もしかしたら父上はその知らない何かについて知っているのかもしれない。

まぁ、そこは俺の考えることじゃないか。

「とりあえず騎士たちの準備を始めましょう」

「そうだな。騎士たちにも心の準備が必要だろうからな」

そう言ってリーゼ姉上は部屋を去ったのだった。

第三章　亡命の王女

Episode 3

1

藩国の都・コール。

そこから少し離れた場所にある森の中。

そこに古びた屋敷があった。

かつては貴族が使っていた屋敷だが、今はとある人物が買い取って住んでいた。

「お爺様《じいさま》！」

その屋敷に戻ってきたミアは屋敷の主《あるじ》を呼んだ。

屋敷の階段を呆《あき》れた様子で大柄な老人が杖《つえ》を突きながら下りてきた。

「なんだ？　ミア、騒々しいぞ」

「静かにしている場合じゃないんですの！」

そう言ってミアはその老人に寄り添い、階段を下りるのを手伝う。

老人の名はトラヴィス。

ミアの魔弓の師であり、この屋敷の持ち主でもあった。

かつては魔弓を扱う武人として名の知られた人物だったが、老いには勝てずに現役を退いていた。

この屋敷はそんなトラヴィスが買い取った物で、ここでトラヴィスは孤児たちの面倒を見ていた。

「何事だ？」

「藩国の王女が帝国に亡命しますわ。私はそれに協力して、共に帝国へ向かうことになったのですわ。お爺様たちも準備を」

「そんな大事なことを一人で決めおって……」

やれやれとため息を吐いたトラヴィスは少し考えてから、後ろへ視線を向ける。

そこには十代前半くらいの少年がいた。

くすんだ赤毛に勝気そうなつり目。

生意気という表現がピッタリの少年だった。

「テッド。子供たちに出かける準備をさせなさい」

「いいけど……その王女様をミア姉が助けんの？」

「そうですわ。王女様は民のことを」

「貴族も王族もみんな一緒だ。お人よしなミア姉は利用されてるだけだよ」

「人を見る目には自信がありますわ！　そういう思い込みはよくありませんわよ！」

「思い込みじゃなくて実体験さ」

「それなら私も実体験ですわ！　王族も貴族も人それぞれと私は知っていますわ！」

「俺は知らない。たくさん見てきたけどね」

そう言ってテッドはその場を後にした。

部屋にいる他の子供たちに出かける準備をさせにいったのだ。

「反抗期ですわ⁉」

「仕方あるまい……あの子はこの国しか知らんのだ」

「帝国に行けば世界は広いと気づくはずですわ！　テッドは頭の良い子ですし、良い機会ですわね！　これを機に帝国に移住ですわ！」

「そう簡単にいくわけなかろう……」

「大丈夫ですわ！　向こうには知り合いがいますわ！」

「噂《うわさ》の皇子か……北部全権代官になったとか」

「それが謎ですわ。面倒くさがりだったはず……まさか勤勉さに目覚めたとか⁉　この前の嵐はそのせい⁉」

「そんなわけなかろう……まぁいい。あとのことはあとになってから話そう。今は今のことだ」

トラヴィスはそう言うと杖を突きながら自分も部屋へ移動する。

それにミアもついていき、トラヴィスを椅子にゆっくりと座らせた。

「それで？　どこに向かう？」

「パーシヴァル侯爵の領地に向かいますわ」

「必ず王都から追手が出るぞ？」

「それは手練《てだ》れに任せてありますわ。実力だけは認めているのですわ」

「ほう？　その口ぶりだとお前以上の実力者か？」

「私よりずっと強いですわね。それなのに仮面を被《かぶ》って、藩国に嫌がらせをしているのは理解不能ですわ」

「もう一人の義賊か。出てきたタイミングを考えれば帝国の者かもしれんな」

「そこはどうでもいいですわ。どこの所属だろうと、敵意がないことは確かですもの」

ミアにとって敵ではないということが重要だった。

どんな目的で動いていようと、敵意がなく、協力的なら問題ではない。

深く考えるだけ無駄であり、調べる必要もないと思っていた。

そういう考えをテッドが聞けば、甘いと言うかもしれない。

それでもミアはそれで良いと思えてしまう性格だった。

「王女は本当に帝国へ亡命を？」

「確かですわ。嘘《うそ》もついていませんでしたし、そんな王女を藩王も監視していたようですわ」

「連合王国の人質になっていた王女が、閉鎖的な国の影響を受けなかったのは皮肉だな」

「もはや内側から変えるのは不可能というのが王女の結論ですわ」

「同感だな。お前がいくら貴族を襲撃しても不正が止《や》まないように、いくら王女が訴えても藩王も貴族も変わらない」

トラヴィスは深くため息を吐く。

藩国という国はずっとそういう国だった。

そんな国の子供たちを救いたくて、この国にやってきたが救えた子供はたかが知れていた。

一度壊すしかない。

だが、壊すとなれば被害が出てしまう。

「戦争か……いや蹂躙《じゅうりん》だな」

「アルノルト皇子と私は約束したのですわ。民の安全を確保すると」

「皇子はあくまで北部を統括する立場だ。攻めこむのは姫将軍、リーゼロッテ元帥だ。そして藩国は皇太子の死を招いた国だ。皇太子の敵討ちという大義名分を掲げて攻め込んでくる。いくら皇子が呼びかけようと前線の元帥はもちろん、騎士や兵士が聞かねば意味はない」

「悲観しても仕方ないですわ。それに皇子はきっと何てことない口約束ほどしっかり守ってくれる人ですわ」

書類を用意したわけでもなければ、何かを担保したわけでもない。

何もかかっていない。

失うのは他国の平民からの信用だけ。

それでも全力を傾けるだろうとミアは確信していた。

人を見る目には自信がある。

あの皇子は他者との約束を踏みにじる自分を許せるタイプではない。

どれだけ他者に罵倒されても耐えてみせるだろう。

気にしないように振る舞うこともできるだろう。

しかし、拘《こだわ》っていることには妥協したりはしない。

それがミアの感じたアルノルトという人物だった。

「ずいぶんと肩を持つな？」

「肩を持ちたくなる人ですわ。お爺様も会えばわかります。きっとテッドも」

そう言ってミアは笑うと自分の荷造りを始めた。

王女の亡命は三日後。

その時にはパーシヴァル侯爵の領地には入っていたい。

幸いなことにお金は余っていた。

アルからもらったお金のほとんどをミアは使っていなかった。子供たちにプレゼントを買っただけ。

何かのためにと取っておいたのが役に立った。

「私はお金をばらまいて民を誘導しますですわ。王女は自らの亡命と引き換えに民の受け入れを要求する気ですの」

「無茶《むちゃ》なことを……だが、多くの民が動けば王女の動きも誤魔化《ごまか》せる。策としては悪くない」

「受け取り方は人それぞれ。とにかくパーシヴァル侯爵の領地に人を集めますわ。王女様が亡命すれば、即座に帝国は打って出るはず。保護する民は近いほうがいいと思いますの」

「しかし……国境で帝国軍と睨《にら》み合っている藩国軍はどうするつもりだ？　王都からの軍は阻止できても、あの軍から部隊が出れば背を追われるぞ？」

「帝国軍が阻止することを期待したいところですが……無理なら私が止めるしかありませんですわ」

「……あまり無理はするな」

「大丈夫ですわ。私にはお爺様から受け継いだ魔弓がありますもの」

そう言ってミアは笑うのだった。

2

世界はいつも残酷だ。

テッドはそんなことを思いながら、道を眺めていた。

パーシヴァル侯爵の領地への道のり。

テッドたちは複数の馬車で移動していた。

トラヴィスが育てている子供たち、テッドを含めた十二人はバッグ一つ分の荷物を持って屋敷を出た。

嫌がる子供たちもいた。彼らにとって屋敷は安息の場所で、最も落ち着く場所だったからだ。

気持ちはテッドにもわかった。

馬車の窓から見る道には多くの人がいた。

物乞いだ。

数メートルおきに襤褸《ぼろ》切れをまとった人たちが小さな籠を掲げている。

人の情けに縋《すが》って生きている。

保護されるまでテッドも向こう側にいた。

テッドがいたのは辺境の街。暗く湿った路地がテッドの家だった。

親の顔もわからない。気づいたときにはそこにいた。

子供には物乞いしかできなかった。窃盗はもっと大人たちの物で、縄張りがあった。それを侵せば殺される。飢えに耐えかねて、縄張りで食べ物を盗んだ子供が殺されるのをテッドは幾度も見てきた。

死ぬわけにはいかなかった。

だから生きるためにどんなこともやった。

最初は物乞い。

そのうち違う奴《やつ》の仕業に見せて、物を盗《と》ることを覚えた。

そうすると誰の仕業だとみんなが疑い始める。

始まったのは勢力争い。弱い奴は殺される。

そうなると縄張りが空く。

いつの間にか数人を率いて、テッドは一つの縄張りを持つまでになった。

「テッドお兄ちゃん、何見てるの？」

「なんでもないよ」

そう言ってテッドは隣に座る少女の頭を撫《な》でた。

少女の名はパティ。

血のつながりはないが、テッドと共に路地で暮らしていた少女だ。

今は八歳になったばかり。

やっと路地裏での悲惨な生活が遠い思い出になりつつあった。

だからテッドはパティに外を見せることはなかった。

「ミア姉が買ってきた絵本を読んでやろう」

「ほんと⁉」

テッドとパティがトラヴィスに保護されたのは五年前。

連日続く雨のせいか、パティが病気になり、テッドは治療してくれるように手あたり次第に助けを求めた。

最初は医者。お金がないと駄目だと言われた。

次は裕福な家。貧乏人が近づくなと言われた。

最後は貴族。何も言わずに殴り飛ばされた。

それでもテッドは街中を駆けまわった。

泥に塗《まみ》れても駆け続けた。

血が出るほど頭を下げ続けた。

それでも誰も助けてはくれなかった。

苦しそうなパティを抱きしめて、無力感に苛《さいな》まれているとき。

気の抜けた声で傘を差してくる少女がいた。

「どうかしましたですの？」

変な喋《しゃべ》り方の少女はすぐにパティの異変を察して、慌てた様子で近くにいたトラヴィスを呼んだ。

それからは一瞬だった。

トラヴィスが用意した馬車に乗せられ、医者の下へ連れていかれた。

そこは最初にテッドが助けを求めた医者の場所だった。

お金がないと駄目と言った医者は、トラヴィスがテッドを連れていくと最初は難色を示したが、トラヴィスが金貨を出すと態度を一変させた。

まるで貴族の子供を相手にするような態度へ変化し、パティも手早く処置した。

パティが回復した頃、トラヴィスはいつの間にか路地で暮らしていた子供たちを集めていた。

そして自分と一緒に暮らすかどうかを問い、全員が頷《うなず》くとニコリと笑って、自分の屋敷まで連れて行った。

それから幾度も子供を引き取り、ある程度の年齢になった子供はトラヴィスの知り合いを経由して、藩国を出ていった。

藩国では武芸も学問も学べないからだ。

本来ならテッドも屋敷を出る年齢だったが、最近はトラヴィスが不調なのとミアが忙しいため、子供たちの面倒を見るために残っていた。

「ねぇねぇ、テッドお兄ちゃん」

「うん？」

「これからどこ行くの？」

どう答えるべきかテッドは悩む。

テッドも最終的にはどうなるのかわからなかったからだ。

パーシヴァル侯爵の領地に向かい、王女を無事に帝国へ送り届けたとして、どうなるのか？

王女の亡命を助けたところで、こちらには何の得もない。

むしろ住む場所を失った。

元々、ミアの関係者というだけで危ないのに、王女の亡命を助けるなんて藩国中から敵と認識される。

だからこうして逃走している。

しかし、テッドはミアやトラヴィスを責める気にはなれなかった。

その優しさが自分とパティを救ってくれた。

悪いのはすべてこの国。

お人よしが許されない残酷な国だからいけない。

「……テッドお兄ちゃん？」

「ああ、国境の近くまで行くんだ。そのあとは……どうなるかな？　着いてからのお楽しみだ」

「ええ⁉　何かあるのー？」

パティは嬉《うれ》しそうに笑う。

その横でテッドは小さくため息を吐《つ》いた。

万が一、王女がミアを利用している場合。

こちらが捨て駒にされかねない。

もちろんトラヴィスはそのことも予想しているだろうが、そうなった場合は辛《つら》い逃避行が始まる。

嫌なわけではない。

仕方ないと割り切ることはできる。

ただ、優しさを裏切られて傷付くミアとトラヴィスを見たくなかった。

「王族や貴族なんて信用しなきゃいいのに……」

小さく呟《つぶや》きながら、テッドはパティのために絵本のページをめくるのだった。

■■■

帝剣城の玉座の間。

そこで皇帝ヨハネスは宰相から報告を受けていた。

「以上で報告は終わりです。藩国侵攻は順調にいけば一週間後かと」

「ご苦労。あとはリーゼロッテ次第か」

「……陛下。どうしてリーゼロッテ様に藩国侵攻を任せたのですか？」

「お前は反対だったな。決まったことを掘り返すのは珍しいな？」

「真意を聞きたいだけです。リーゼロッテ様に任せるのはデメリットばかりです。それでも陛下がどうしてもと望まれたので承知しました。しかし、蓋を開けてみれば北部には膨大な戦力が集中しております。私はてっきり少数戦力で攻略するものと思っておりました」

「だからリーゼロッテだと思ったか？」

「ええ。お言葉ですが……あの戦力があれば藩国侵攻は誰でもできます。北部支援のためにラインフェルト公爵が騎士を率いることを認めたなら、そのまま藩国侵攻も任せればよかったかと。もしくはアルノルト殿下に軍を率いさせるという手もありました」

「皇国は黙っておるし、戦力は多いに越したことはない。リーゼロッテが藩国を攻略すれば、次は王国だ。そのまま王国に攻め入ることもできる」

「それは理解しております。ですが、リーゼロッテ様には……重大な問題があります」

いつになくしつこい宰相の様子にヨハネスは苦笑した。

理由はわかっている。

「リーゼロッテは皇太子の死をいまだ引きずっておる。ゆえに暴走する恐れがあると？」

「その通りです。そして陛下はすべての責任をアルノルト殿下に丸投げしました。このままリーゼロッテ様が暴走すればアルノルト殿下の責任になります。その真意はなんです？　アルノルト殿下は北部の復興を見事に成し遂げています。失脚をご希望ですか？」

「皇帝として……帝位争いには介入せん。ワシがアルノルトにすべてを投げたのは、ワシではリーゼロッテを止める足かせにはならんからだ」

「……どういう意味でしょうか？」

「リーゼロッテはきっと皇太子の仇《かたき》を討ち、恨みを晴らせるなら立場などいらないと思っているだろう。だからワシの責任になったとしても……関係なくやりたいようにやる。あれはそういう娘だ。しかし」

「アルノルト殿下の責任となれば違うと？」

「どうだろうな。ワシよりは可能性があると思っている。リーゼロッテが本気でアルノルトを認めているなら……きっと藩国侵攻は問題ない」

「私の意見ですが……いまだにリーゼロッテ様はアルノルト殿下を本気で認めているとは思いません。あくまで弟として可愛《かわい》がっている程度でしょう」

「アルノルトは本気を出さんからな。だから認められない。それで本人はいいと思っているだろうが……難題があれば本気を出さざるをえまい。本気を見せればリーゼロッテも認めるだろう。弟としてではなく、同格の皇子としてな」

そう言ってヨハネスは笑いながら玉座から立ち上がる。

真意を知り、宰相はヨハネスに頭を下げた。

そして去り際に問いかける。

「陛下……陛下がこの玉座に座ってほしいのは」

「……玉座は勝ち取った者に与えられる。勝ち取る意思のない者には与えられない。誰も認めないからだ。だから帝位争いはある。素質や能力で決まるのではない。玉座に座る覚悟のある者が座るのだ。皇帝の個人的な好き嫌いで玉座は左右されん。そんなことで決まっては……何のための帝位争いだ？」

「……失言でした。お許しを」

ヨハネスはそのまま玉座の間を後にし、宰相もまた玉座の間を去る。

難儀な一族だと心の中で思いながら。

3

夜。

　フィーネはツヴァイク侯爵家のバルコニーへ出てきていた。

「どうですか？　景色は。リーゼロッテ様」

「フィーネか。どうした？」

　バルコニーには先客がいた。

　軍服姿のリーゼロッテだ。

　元帥だけに許された青いマントを纏《まと》う姿はいつも通りのように見えるが、フィーネには少し違って見えた。

　だからフィーネは紅茶セットを持ってバルコニーまでやってきたのだ。

「夜風が寒いかと思い、紅茶を持ってきました。よければ一緒に飲みませんか？」

「気が利くな。もらおう」

　バルコニーに立っていたリーゼロッテは、近くにあったテーブルへ向かう。

　フィーネはそのテーブルの上で手早く紅茶を淹《い》れて、リーゼロッテへ差し出した。

　温かい紅茶を飲み、リーゼロッテはホッと息を吐く。

　そしてゆっくりと空を見上げた。

「今日は星が綺麗《きれい》ですね」

「そうだな……だが、私は嫌いだ」

「なぜですか？」

　その問いには二つの意味があった。

なぜ嫌いなのか？

なぜ嫌いなのに見ているのか？

どちらの意味も理解して、リーゼロッテは苦笑しながら紅茶を飲んだ。

「人生の中で最悪の経験がこんな星空の日だった。正直、忌々しい空だ」

「……それは悲しいですね」

「悲しいか。どうしてだ？」

「星はいつも空にあります。雲が隠すことがあっても、ひょっこりと顔を出す。だからいつも思い出すことになってしまう。それは……悲しいことではありませんか？」

「……ああ、忘れられないな」

リーゼロッテはそう言って自分の手のひらを見た。

リーゼロッテにとって人生最悪と思える日は二度あった。

どちらもこんな星がよく見える夜だった。

一度目は母である第二妃アメリアが亡くなった時。

報告を聞いて帝都に戻り、すでに冷たくなっていた母を抱いたのはこんな夜だった。

二度目はこの北部で起きた。

小競り合いという報告だった。それでも嫌な予感がして全力で北部に走った。

そしてこんな星空の下で、流れ矢で亡くなった皇太子を抱きしめた。

間に合わなかった。

どうしようもできなかった。

「戦場で幾度も勝利を収めてきたが、あの日感じた無力感を忘れたことはない」

「ご自分が許せないのですね……」

「……女の身で剣を握ったのは誰かを守れる力が欲しかったからだ。しかし、守りたいと願った人たちを私は守れなかった。いつだって私は遅れてやってくる……」

「……帝都での反乱の際。誰もが駄目かもしれないと思った時。リーゼロッテ様は颯爽《さっそう》と現れました。いつだって遅れてくるなどと自分を卑下するのはおやめください。母も兄も救えなかったかもしれません。ですが、残った父や弟妹《きょうだい》を救ったではありませんか」

「……そうだな。あの時、素早く行動できたのは……私の小さな勝利と言えるだろう」

リーゼロッテはまた紅茶を飲む。

するといつの間にか紅茶のカップは空になっていた。

すぐに気づいたフィーネはおかわりを淹れた。

「すまんな」

「いえ、慣れていますから」

「フィーネは……どこか母上に似ている。父上もそんな雰囲気を感じたからフィーネを選んだのだろう」

「第二妃アメリア様ですね。アル様の母上であられるミツバ様からも似ていると言われたことがあります。どのような方だったのですか？」

「……穏やかな人だった。常に人のことを気にかけ、尽くしていた。私が出陣するときは、怪我《けが》のないようにといつもお守りをくれた。妃の中で特別才能豊かなほうではなかったが……父から愛され、誰からも好かれた自慢の母だった」

「どれだけ妃が増えても第二妃への寵愛《ちょうあい》は薄れなかったと聞いています。皇帝唯一の寵姫《ちょうき》。個人的な予想でしたが、とても優れた方なのだと思っていました」

「優れてはいない。忘れっぽくて、たまにお茶目《ちゃめ》で……だが、強い人だった。他者を守ることの大切さを教えてくれたのは母上だった」

「では、リーゼロッテ様の師匠でもあったのですね」

「師匠か……まぁそうかもしれんな」

笑いながらリーゼロッテは紅茶を飲む。

そして空を見上げた。

ちょうどその時。

雲が星を隠した。

それを見てリーゼロッテは立ち上がった。

もはやいる意味がなくなったからだ。

「では、そろそろ失礼するぞ。紅茶は助かった」

「そうですか……私はもう少しお話したかったのですが」

「また次の機会に取っておこう」

そう言ってリーゼロッテはその場を後にしようとする。

そんなリーゼロッテの背中を見つめながら、フィーネは問いかける。

「最後に質問をよろしいですか？」

「……美味《うま》い紅茶だった。その返礼として答えよう」

「ありがとうございます。では、お聞きします。今、この時に最悪の思い出をあえて思い出していた理由はなんでしょうか？」

「知れたこと。あの時の無力感と……激情を思い出すためだ」

「……その激情をリーゼロッテ様はコントロールできるのですか？」

「さぁな。しかし……ここでしか清算できないものではある。封印することはできん」

そう言ってリーゼロッテは自嘲気味に笑う。

非難されることも覚悟していた。

だが、フィーネの言葉は予想外なものだった。

「なるほど……ではリーゼロッテ様が過去と決着をつけられることを願っております」

「……責めないのか？」

「激情を抱くのは人の自由です。それを表に出し、他者を害せば非難の対象になるやもしれませんが」

「私はこの激情で藩国を焼く予定だが？」

「予定は単に予定でしかありません。まだリーゼロッテ様は行動しておりません」

「行動してからでは遅いとは思わんか？」

「そうかもしれませんが……そこは私の領分ではありませんので」

「領分だと？」

「人には人の役割があります。私はリーゼロッテ様とお話するまでが領分です。実際にリーゼロッテ様をお止めするか、もしくは別の方法を取るか。それをするのは私ではありません」

「誰の領分だと言うのだ？」

「さぁ？　リーゼロッテ様が思いつく方がそうではないかと」

そう言ってフィーネはニッコリと笑うと紅茶セットを片付け始めた。

リーゼロッテは頭に浮かんだ人物の顔を消し去り、フィーネに背を向ける。

すでに激情を思い出した。

ここで清算するのだとリーゼロッテは決めていたのだった。

4

イーグレット連合王国。

三つの島からなる王国で、中央の大きな島が国の中心だ。

その中心には巨大な王都が存在する。

しかし、王都は今、大きく二つに割れていた。

現王と第一王子は、第二王子ウィリアムに敗戦の責任を押し付けて、その首をもって帝国と停戦しようと考えていた。

しかし、心ある貴族や大臣はそれに反対し、城では日夜激論が交わされていた。

今まで連合王国を守護していた三体の聖竜のうち、二体はシルバーによって討伐された。軍事力の衰えは明白であり、戦に長《た》けたウィリアムを処刑するなどもってのほか。

それが反対派の意見だった。

一方、現王と第一王子は、ウィリアムが個人的友情を優先して、国益を損なったと主張した。

それに対して反対派が反論する。

ゴードン皇子を援助しようと決定したのは現王であり、ウィリアム王子は反対していた。王命ゆえに帝都へ向かい、その後、連合王国のために死力を尽くして戦った。

そんな王子を処刑でもしたら、連合王国の将兵は反旗を翻すだろうと。

どうにか帝国と停戦したい現王と第一王子だったが、自国で反乱が起きては本末転倒なため、処刑を強行するわけにはいかなかった。

ゆえにウィリアムは王都から少し離れた小さな村にて謹慎を言い渡されていた。

「まだ決まらないか……」

「はっ」

ウィリアムに知らせを届けにきたのは竜騎士だった。

竜王子と呼ばれるウィリアムは、連合王国中の竜騎士から信望を集めている。

そのため、謹慎中でも情報には困らなかった。

ウィリアムが動かなくても、竜騎士たちがウィリアムに届けるからだ。

本来なら止めるべき監視や護衛も、ウィリアムが処刑されるなど間違っていると思っていたため、むしろ率先して竜騎士たちを招いていた。

まだ十代前半の頃から、ウィリアムは国のために前線に立ち続けてきた。

王国との戦争中、ウィリアムは竜騎士団を率いて最後まで戦った。

それがあったから連合王国軍は本土に撤退できた。そのことを忘れている兵士はどこにもいなかったのだ。

軍部は完全にウィリアムの味方だった。

ウィリアムが竜に跨《また》がれば、すべての竜騎士がウィリアムを支援するだろう。

だが、ウィリアムはまだ動かなかった。

言われるがまま謹慎を受け入れた。

「殿下、準備は万端です。あとは殿下次第です」

「そうか」

ウィリアムは小さく答えるだけで、他には何も言わない。

そして竜騎士を置いて自分の家を出てしまった。

小さな村にはウィリアム以外にも、ゴードンの妻であるビアンカと帝国の皇族であるヘンリックがいた。

どちらも政治的に重要な立場のため、こうして動きを制限されている。

だが、そこにビアンカの娘はいなかった。

連合王国へ到着寸前に、ウィリアムが部下に託したのだ。

幸い、ゴードンの娘のことは広まっていないので怪しまれることはなかった。

「ヘンリックはまだ中か？」

「はっ、いまだに外に出てこられません」

撤退の際、ヘンリックはウィリアムの傍《そば》にいた。

その後は苦労の連続だった。

当たり前だ。あれは敗走だった。楽な敗走などありはしない。

その中でヘンリックは多くのことを経験した。

それゆえにヘンリックは塞ぎ込んでしまった。

「ヘンリック？　私だ。入るぞ」

一応礼儀としてノックしてからウィリアムが部屋に入る。

だが、すぐにウィリアムは礼儀を捨てた。

部屋の中でヘンリックがガラスの破片を持っていた。

その先は自分の喉に向かっていた。

「何をしている!?」

ウィリアムは咄嗟《とっさ》にガラスを弾《はじ》いた。

その際に手が軽く切れるが、ウィリアムは気にしない。

「……死なせて……ください……」

「馬鹿を言うな！　死んでどうなる⁉」

「僕が死ねば……ウィリアム王子は助かるかもしれません……帝国に僕の首を差し出せば……」

「愚か者！　自分の首にそんな価値があると本当に思っているのか⁉　あの皇帝が反旗を翻したとはいえ、自分の息子の首を見て喜ぶとでも⁉　火に油を注ぐだけだ！」

「じゃあ……どうしろって言うんです⁉」

「生きろ！　生きて罪を償え！　罪悪感に耐えきれず、死ぬことなど許さん！」

「そんなこと……」

ヘンリックはそのままうずくまって泣き出した。

もう何もかも嫌だった。このまま世界から消え去りたいと心の底から思っていた。

撤退の際、傷だらけの兵士たちがどんどん脱落していった。

ヘンリックも飢えと渇きで死にそうになった。元々、城で安全に育てられた皇子だ。苦労を知らないヘンリックには耐え抜くことなど不可能だった。

それでも無事にここまで来られたのは、周りが助けてくれたからだ。

帝国の皇子だから助けたわけではない。ウィリアムの指示でもない。

周りの兵士はただ助けたいからヘンリックを助けたのだ。

倒れたヘンリックを交互に背負い、兵士たちは無事に船までたどり着いた。

生かされたヘンリックだったが、そこからが地獄だった。

無知ゆえにヘンリックはどこか兵士の命を軽く見ていた。

盤上の駒のように考え、扱っていた。だからあっさりと見捨てられた。

しかし、気づいてしまった。

そんな駒のように扱っていた兵士たちも一人の人間であり、彼らにも家族がいるという当たり前の事実に。

何千という兵士を死なせた。何千という家族を悲しみに陥らせた。

奇《く》しくもヘンリックも家族を失った。

自分たちを生き残らせるために、ゴードンは足止めの突撃をかけた。

その姿を見ながらヘンリックは撤退した。

あの時、感じたのはまさしく痛みだった。

その痛みを多くの家族に与えてしまった。

後悔がヘンリックを襲い、遅れて罪の意識がやってきた。

「僕なんか……死んだほうがいいんだ……！」

「死にたいなら死ねばいい。だが、何も成さずに死ぬことは許さん」

「僕に何ができるって言うんです⁉　戦場で多くの兵士を死なせた皇族の出来損ないで、命をかけても何も解決できない僕に！　何ができるって言うんだ⁉」

「何ができるかどうかは、やってみなければわからない。お前は何をした？」

「僕は……」

「お前がやったことは塞ぎ込み、自分には何もできないと自分にレッテルを貼っただけだ。償いもせずに死ぬのか？　それがどれほど愚かなのか、わからないのか？」

「……償いなんて……何をしたらいいか……」

のうのうと生きることなど許されない。

今にも怨嗟《えんさ》の声が聞こえてきそうだ。

死を望まれながら生きる。その果てしない道のりに気が遠くなる。

だが、ウィリアムは決して自殺を許さなかった。

「いつか……死んだ兵士たちが誇れるお前になればいい……。どこまでいっても彼らは死んだのだ。お前のミスだったとしても、彼らは死んだのだ。もはや彼らに続きはない。お前が代わりに続きを歩け。すべてを背負って、殺した分だけ人を救え」

「僕はあなたのように強くはない……！」

「私も……強くはない。こんな状況になってもまだ悩んでいるからな……」

「え……？」

「……ゴードンは家族を守ってくれと言い残した。その意味をずっと考えていた。妻と娘、そしてお前。三人を守ってくれという意味だったのか？　それなら逃がせば済む。しかし、もっと広い意味だとするなら……私は友の家族のために私の家族を討たねばならない。それが許されるのか？　何が正しいのか……ずっと考えていた」

だが、答えは出た。

そう言ってウィリアムはヘンリックの腕を摑《つか》み、立ち上がらせた。

そして。

「生きている者にしか続きは歩けない。お前が償いをするように、私も私ができることをしよう。どんな経緯があろうと……私が率いた軍が負けたのだ。死んだ者は私のせいで死んだ」

「あ、あなたは違う！　大勢を守った！」

「それが戦争だ。指示に従って、負けたのだ。彼らには私を責める権利がある。だが、私は死なない。友のために、散った部下たちのために、この国のために。最善の道を歩こう」

ウィリアムが外に出ると、そこにはロジャーがいた。

鎧《よろい》に身を包んだ完全武装だ。

「殿下が遅いので……お迎えにあがりました」

「ご苦労……今から飛び立とうと思っていたところだ」

「それはよかった。皆、待ちかねています」

そう言ってロジャーは空を見上げた。

そこには無数の竜騎士が滞空していた。

その光景にヘンリックは茫然《ぼうぜん》とする。

これほどの竜騎士の大軍は見たことがなかった。

「ヘンリック。お前の償いについては一緒に考えてやろう。だが、私にはやることがある。しばし待て」

「ウィリアム王子……」

「私は私の友を裏切らぬ。最期の言葉通り、友の家族は私が守ろう」

ウィリアムは愛竜に跨ると、空に上がった。

そしてロジャーから槍《やり》を受け取ると、その槍を振るって号令を発した。

「全軍前進！　目標は王都！　国王の首を取る！」

5

王女逃亡。

その報が藩王の下へ伝えられた時、藩国は大いに混乱していた。

形式上とはいえ、宗主国である連合王国でクーデターが起きたからだ。

起こしたのは連合王国の竜王子、ウィリアム王子。

王に忠実と思われた王子の行動に藩国は揺れた。

どちらを支援するべきかで、今後の藩国が左右されるからだ。

しかし、そんな中でとんでもない報告が届いた。

「面倒ごとばかり起こしおって……連合王国などで育つからああなるのだ！」

でっぷりとした体形の藩王は、苛立《いらだ》ちを隠そうともしなかった。

見るからに上等そうな服には過度な装飾がなされ、体のあちこちに宝飾品が身に着けられていた。

ミアが見れば、よくこの父親からマリアンヌが生まれたものだと驚愕《きょうがく》しただろう。

人の醜さを前面に押し出した男、それが藩王、ザカリア・フォン・コルニクスだった。

「陛下。王女様が逃亡する先は帝国しかありえません」

「そうだな……混乱中の連合王国に向かうわけがない……まずい……まずいぞ」

「そうです！　卑劣な帝国は王女様を担ぎ出し、大義は我にありと喧伝《けんでん》するでしょう！」

「むぅ……今すぐ捕まえろ！　あれを帝国に行かせてはならん！」

「もちろんです！　全軍の士気に関わりますからな！」

「そうだな。動かせる部隊はすべて動かせ！　よいな⁉」

「はっ！」

指示を出し終えたあと、藩王は疲れたように玉座に背中を預ける。

しかし、思い出したように貴族たちへ問いかけた。

「そうだ……例の話はどうなった？」

「連合王国への避難についてですが……この状況では上手《うま》くいかないかと」

「では、帝国が攻めてきたときにどうするのだ⁉　相手は姫将軍だぞ！　貴様らで勝てるのか⁉」

「帝国最強の将軍です。おそらく大陸全体で見ても戦で勝てるのは一握りです」

「そうだ！　だから逃げる準備をしているのだ！　どうするのだ⁉」

早く解決策を出せとばかりに藩王は貴族たちを急《せ》かす。

しまいには使えん奴《やつ》らだと言って、自分が身に着けている装飾品を投げつけた。

「このままでは我らは皆殺しだぞ⁉　それでいいのか⁉」

「陛下……王国にも打診しております。連合王国よりも金を積む必要があるでしょうが、王国は帝国との戦で金が入り用です。金を積みさえすれば断らないかと」

「おお！　そうか！　王国に逃げ込めるなら安心だ！」

「使者が帰ってくるまでお待ちください。しかし、それまでに帝国が攻め込んできては困ります。なんとか王女様を連れ戻さねばなりませんな」

「そうだ！　災いを我が国に招くことになるぞ！　国民のことも考えられんのか！　あの馬鹿娘め！　さんざん儂《わし》に民のことを考えろなどと説教していたくせに！」

苛立ちながら藩王は手を叩《たた》く。

それを合図として、メイドたちがたくさんのグラスを持って現れた。

それは大陸中の名酒ばかりだった。

買いそろえたとなれば相当な値段となる。

「こんな時は飲まねばやってられん！　うーむ、今日はどれにするべきか……」

酒を吟味する藩王は、それを見る貴族たちの顔に視線を向けることはなかったのだった。

[redacted]

「もう追手が来たか……！」

マリアンヌを乗せた馬車は宰相の影が用意したものだった。

馬車を護衛するのは帝国軍の兵士たちだ。

しかし、敵国であるため動員できる数には限りがあった。

さらに王都を脱出する際に、複数の馬車を走らせて敵の目を逸《そ》らしていた。

護衛は十分とは言えないものだった。

「申し訳ありません……私が日程を早めたばかりに……」

「お気になさらず！　藩王がこれ以上、警戒を強めていたら脱出はより難しくなっておりました！　良い判断です！」

そう馬車を操る兵士は言うが、早めた結果、当初の予定より大幅に少ない人員で決行することになった。

本来なら護衛部隊を王都の外に配置しておくはずだったが、その到着を待たずに動いたのだ。

「右後方よりさらに騎馬隊！」

「くそっ！　王都の全軍を動かしたのか!?」

いくら愚かだと言っても一国の王。

王女が国外に出ることの危険性をよく理解している。

動かせるだけの部隊を動かしたとなると、他の馬車にも同レベルの追手が掛かっているだろう。

同僚たちはきっと生きてはいまい。

そのことに兵士は歯を食いしばった。

「火矢が来るぞ！」

「殿下！　頭を下げていてください！」

兵士はそう指示しながら後方を見る。

矢の先に火がついた火矢が馬車めがけて降り注いできていた。

護衛の兵士たちが払い落とすが、数が多い。

馬車を失えば、徒歩での逃走となる。王女を守りながらでは絶望的だ。

馬には当たるな。

そう願いながら兵士は馬車を走らせた。

しかし、矢は一本も馬車には当たらなかった。

「助かった……？」

「囮《おとり》を出すなら言ってほしいものだ。余計なことをしてしまった」

その声は馬車の屋根の上から聞こえてきた。

マリアンヌは窓から屋根の上を見た。

「ファーター！　来てくれたんですね！」

「そういう約束だ。遅れたのはサボっていたわけではないと言っておこう」

ファーターの言葉と同時に複数の馬車が道に入ってきた。

その馬車たちはマリアンヌが乗る馬車の盾になるような進路を取った。

「お前たち⁉　無事だったか⁉」

「ああ！　助っ人《すけと》が現れてな！」

同僚の無事を喜んだ兵士は、屋根の上にいるファーターを見る。

青い仮面のその人物は弓を持っている。

だが、どこか帝国の者にはなじみがあった。

「もしや……シルバーなのか？」

「一緒にしないでもらおうか？　私はシルバーより強い」

「ああ、いや……失礼……」

「わかればいい。そのまま走れ。追手はこちらで対処する」

「ファーター！　一人では……」

「足手まといはいらん。自分が無事に帝国へたどり着くことだけ考えておけ」

そう言うとファーターは追ってくる騎馬隊に弓を構える。

そして一本の矢を放った。

その矢はまず先頭の男を射抜き、その後ろにいる男も射抜き、最後に集団の真ん中を走っていた馬の眉間を射抜いた。

二人が倒れ、一頭の馬が倒れる。

騎馬隊は一気に崩れ去った。

その気になれば一射で壊滅させられるが、それをしては仮面を被《かぶ》っている意味がない。

そんなことができる弓使いは限られているからだ。

「ヴァーミリオンに伝えておけ……こちらは仕事をしたとな」

「はい！　伝えておきます！」

マリアンヌの返事を聞いたファーターは馬車から飛び降り、馬車と騎馬隊との間に立つ。

そして弓を構えながら告げるのだった。

「災難だったな。恨むなら仕事熱心な自分たちを恨め」

言いながらファーターは連続で矢を放ち始める。

人が撃っているとは思えない連射。

しかも狙いは正確無比。

盾を構えても盾を貫く威力。

一瞬でその場は地獄と化した。

だが、地獄はそこで終わらない。

新たな騎馬隊がやってきたからだ。

「まったく……今日は死にたがりが多いな？」

言いながらファーターは弓を構えるのだった。

6

「アル、北部貴族の何人かは藩国侵攻に参戦を希望しているわ」

「あれだけ大きな戦の後なのに元気なもんだな」

シャルからの報告を受けながら、俺はため息を吐《つ》いた。

参戦を希望している貴族のリストを見れば、どれも若い者ばかり。

手柄を立てたいという想《おも》いが強いんだろう。

だが、戦争をするのもタダじゃない。

「彼らは自分たちにそこまで余力があると思っているのか？」

「軍馬の取引も開始されて、そのアピールにもつながると主張してるけど……」

「前回の戦争で十分だ。それに北部貴族を参戦させると東部貴族が良い顔をしないだろう」

わざわざ東部貴族たちが北部まで出向いたのは、藩国侵攻で手柄を立てるためだ。

北部貴族は先の戦争で名を上げた。

北部貴族は勇猛果敢であり、北部の騎士は帝国随一と評判になっている。

ここ数年、父上の出陣はなかった。

帝国軍が整備されてから、貴族と騎士の活躍の場は限られてきた。父上の出陣の際に共に同行することが貴族と騎士にとって数少ないチャンスだったが、それもなかった。

もはや騎士の時代は終わったと言われていた頃、こうしてチャンスが降ってわいてきた。

どうにかそのチャンスを摑《つか》もうと東部貴族も必死だ。

「だが、突っぱねれば印象が悪くなるか……」

「東部貴族の顔ばかり立てているって思われるのは間違いないわね」

「やれやれ……各領主に通達してくれ。精鋭五百名を集める。俺の直下として、そのままリーゼ姉上に貸し出す。手柄が欲しければ騎士に立てさせろと言っておいてくれ」

「それなら不満も少ないかも」

リーゼ姉上が率いてきた部下は一千ほど。

その大部分も国境守備の応援に回っている。

リーゼ姉上は借り物である東部諸侯連合を率いて戦うわけだ。

ユルゲンがいるとはいえ、自前の戦力がなければ戦いにくいだろう。

そのために俺からリーゼ姉上に直下の戦力を貸し出す。

リーゼ姉上の性格を考えれば、前に出るべきときは迷わず前に出る。

ある種の近衛《このえ》隊だ。

それを北部の騎士が務めれば面目も立つだろう。

「じゃあその件は解決っと……次はツヴァイク侯爵領に集結している東部諸侯連合軍の話ね」

「兵糧は足りそうか？」

ツヴァイク侯爵領には現在、東部諸侯連合軍が駐屯している。

総勢二万が街の外で野営している。

もちろん侵攻に備えるためだ。

準備が整えば元帥リーゼロッテが先頭に立って、藩国侵攻が行われる。

そのための兵糧もツヴァイク侯爵領に保管されていた。

「兵糧は十分よ。ラインフェルト公爵が用意してくれたものが有り余っているわ」

「そりゃあ良かった。一応、短期決戦の見込みだが、長引けば兵糧が必要になってくるからな」

予定通りにいけば藩国侵攻はあっさり終わる。

亡命してきた王女を担ぎ上げ、調略した貴族たちに武器をおろさせる。

その時点で王を守る者は少数だろう。

「ただ……あれだけの数が街の近くにいるとどうしても流通が滞っちゃうのが難点よ」

「仕方ないと諦めてくれ……戦争前だから不審な様子が少しでも見られれば、騎士たちは検問する。やめろというわけにもいかない」

街を目指す商人が騎士たちに荷物をチェックされるという事案はいくつも報告されている。

しかし、あそこにあるのは軍の陣だ。

近くを通る者を厳しくチェックするのは、当然だ。

ましてや相手は藩国。

まともにやっても帝国には勝てない国だ。

だからこそ、細かい策略には気をつけねばいけない。

「どうにもならない？」

「難しいな。何か考えておく」

「うん、お願い。それじゃあ私からは以上よ」

「オーケーだ。よろしく頼む」

そう言ってシャルが部屋を出ていった。

そして俺は深くため息を吐く。

「疲れてる？」

「まぁな……」

俺の横で黙っていたエルナが声をかけてきた。

今は二人だけだ。

多少弱音を吐いても問題ないだろう。

「……父上はリーゼ姉上の手綱を俺に投げてきた。そこには俺なら止められるかもという期待が混じってる」

「藩国侵攻はアルの責任の下に行われるわ。リーゼロッテ様も余計なことはしないと思うけど……」

「普通なら、な。リーゼ姉上にとって藩国は普通の相手じゃない。長兄の死を招き、臣下の暴走で片づけた藩国は憎むべき敵だ。しかもリーゼ姉上は怒りを三年間も抱えてきた」

「その怒りが暴走すると思ってるの？」

「してもおかしくない。だから父上は全権をリーゼ姉上に預けなかった。だが……俺で止められるかはわからない」

やれることはやった。

リーゼ姉上に認めてもらえるようにしてきたつもりだ。

だが、それでもリーゼ姉上にとっては認めるほどではない。

きっとリーゼ姉上を止めるなら切っ掛けが必要だ。

俺を認め、俺の指示に従ってもいいと思える切っ掛けが。

だが、リーゼ姉上がそうやって認めていた相手は長兄だ。

長兄に迫る姿を見せなきゃいけないというのはプレッシャーだ。

「じゃあリーゼロッテ様に何もさせなきゃいいんじゃない？」

「それで済むなら父上もリーゼ姉上を指名したりしない。怒りをため込みすぎれば、いずれ体が壊れる。発散する場が必要だ。きっと……誰かが藩国侵攻を代わりにやったらリーゼ姉上は狂う」

「大げさじゃないかしら？」

「それくらいリーゼ姉上にとって、長兄は大切な存在だった。他の兄弟とはわけが違う」

「アルより大切なの？」

「比べられるものじゃないだろうが……長兄の死によってリーゼ姉上の夢は壊れた。託した多くの想いは今、無念に変わっている。三年は短いようで長い。自らの手で藩国を討つ日を心待ちにしていたんだ。歯止めがきかないとしても驚きじゃない」

弟として姉の凶行は見たくない。

だが、国を焼かなきゃ気が済まないならやってしまうだろう。

俺にとってレオが殺されたようなものだ。

しかもその時、自分は傍《そば》にいなかった。

だからリーゼ姉上の時間はそこで止まっている。

ユルゲンのおかげで少しずつ前を向き始めているとはいえ、乗り越えなきゃダメな問題だ。

どうすればいいのか。

そんな風に思っていると両肩にエルナの手が乗ってきた。

上を見れば、エルナが俺を見つめていた。

「アルはいつも他人のために一生懸命ね」

「……姉だからな」

「大丈夫。その想いはきっとリーゼロッテ様に届くわ。アルがその想いを忘れないで行動すれば、きっとリーゼロッテ様は応えてくれる」

「そうだといいけどな……」

「そうよ。幼《おさな》馴染《なじみ》の私が保証してあげるわ。アルの想いはわかりやすいもの」

「……馬鹿にすんな」

エルナの言葉にそんな風に答えながら、俺は軽く笑うのだった。

7

王女の亡命が早まったという情報は、真っ先にアルへ伝えなければいけない情報だった。

しかし、本来なら一週間先のはずの亡命を三日後に決行するには人手がいくらあっても足りない。

ゆえに宰相の影たちは最低限の準備を終えたあとに走り出した。

どこまでいっても王女の亡命はアル次第だった。

北部全権代官として北部を預かるアルが受け入れる準備を整えてこそ、王女は亡命できる。

それが遅れると敵の追手に捕まってしまう。

だからこそ、宰相の影たちは全力で藩国を走り抜けた。

しかし、国境が近づくにつれてその数は減っていった。

手練《てだ》れの追手がいる。

そのことに宰相の影たちは気づき、別々のルートを使ってアルの下へ向かった。

しかし、一人を残して全員の気配が途絶えた。

残された宰相の影は、藩国にそれほどの手練れがいるという情報を絶対に持ち帰るため、王女が使う予定の逃走ルートに入った。

北部国境は現在、穴だらけであった。
メインとなる城塞を維持するだけで精一杯だからだ。
監視の目が追い付かず、死角となる移動ルートがいくつか存在した。
その穴はあえて埋めず、王女の亡命に使われることになった。
穴埋めに人員を割くと藩国側に警戒されてしまうからだ。
そのルートを使い、宰相の影は走る。
その先には王女の護衛部隊が待機しているはずだからだ。
しかし。
「困るよ。そんなに逃げられると」
声は前から聞こえてきた。
咄嗟《とっさ》に宰相の影は短剣を構えた。
実力でいえば暗殺者にも劣らない。
だが、目の前に現れた相手が悪すぎた。
「ラファエル・ベレント隊長……!?」
「元隊長さ。君の仕事はここまでだ」
そう言ってラファエルは剣を振るい、宰相の影の体を切り裂く。
内臓深くまで切り付けられた宰相の影は血を吐き、その場に崩れ去る。
だが、目はラファエルを捉えていた。

「君たちは確かに厄介だけど……僕に処理をさせるなんて、殿下も困ったものだよ」

「で、んか……?」

「そうさ、僕の殿下。いずれ皇帝陛下になるお方さ」

そう言ってラファエルは宰相の影の目を切り裂く。

宰相の影の片方は義眼だった。

それは映像と音声を記録できる特殊な魔導具だった。

宰相の影は全員が片目にこれを仕込んでいた。

「最期まで仕事熱心だね。褒めてあげるよ。わざわざ護衛部隊のところまで案内してくれてありがとう。逃がしてあげれば頼ると思ったよ」

そう言ってラファエルは宰相の影に止《とど》めを刺したのだった。

「さてと……あとは護衛部隊か」

ラファエルとしても藩国の王女が予定よりも早く亡命するとは予想外だった。

王女が逃亡するかもしれないと情報を流していたのはラファエルだった。

王女に亡命されては困るからだ。

藩国との戦は大義なきものでなければいけない。

「どこの国の王女様もお転婆《てんば》で困るなぁ」

言いながらラファエルは風の魔法で宰相の影の死体を吹き飛ばし、そのまま護衛部隊がいるだろう場所へ向かったのだった。

■■■

王女の護衛部隊は北部国境守備軍の精鋭から選ばれていた。

対面する藩国軍に怪しまれないよう、少しずつ藩国側に送られ、本来なら王都近くまで侵入して王女の護衛に当たるはずだった。

しかし、予定が変わってしまった。

定期連絡が途絶えたことで、護衛部隊は異変を察知していた。

亡命は相手任せのことだ。何か起きる可能性は十分に頭に入れていた。

ゆえに護衛部隊の隊長は前に出ることを考えていた。

だが、その前に自分たちに異変が襲い掛かった。

護衛部隊が拠点としていたのは、森の中。

巧妙にカモフラージュされた拠点で、百人の精鋭が出番を待っていた。

だが、隊長が何か違和感を覚えて天幕から出た時。

半数の首が飛んでいた。

「っっ!?　敵襲!!」

転がる無数の死体を見て、隊長は叫ぶ。

見張りはもちろん、他の天幕で休憩していた者も殺されていた。

鮮やかすぎる犯行のせいで、これほどまでに被害が出るまで気づけなかった。
隊長は腰の剣に手をかけた。
「敵は手練れだ！　気をつけろ！」
すぐさま隊長の周りに十名ほどの兵士が集まってくる。
そして円陣を作って、全方位を警戒した。
だが、その円陣の外で鋭い音が次々と響いた。
人の首が斬られる音だ。
たった一人で一部隊を壊滅させられる実力者など規格外すぎる。
そんな実力者が藩国にいたとは。
思わず隊長は呻《うめ》くが、その勘違いはすぐに正された。
「円陣を組むならもっと集中したほうがいいよ？　隊長」
風が自分の隣を駆け抜けた。
その程度にしか隊長には感じなかった。
だが、隊長の視線の先にいた三名の兵士の首が飛んでいた。
そして声は真横から聞こえてくる。
視線を向ければ、返り血に染まった白いマントが目に入る。
ただのマントではない。特別な意匠が施されたマントだ。
そのマントがどういう意味を持つか。

隊長は良く知っていた。

帝国最高の騎士たち。

皇帝直属の騎士団。

近衛《このえ》騎士団の隊長だけが身に着けられる白いマントだ。

「……裏切り者めっ！」

隊長は怒りに任せて剣を振るった。

だが、その剣はラファエルに当たることはない。

風のように舞ったラファエルは、そっとその剣の上に着地した。

「裏切ったとは思ってないけどね。僕は」

「ふざけるな！　同僚を殺し、帝国を混乱に陥らせた裏切り者であろう！　ゴードン皇子と死を共にすることもせず、今度は藩国についたか!?　そのマントは帝国の誇り！　いまだに身に着けているとは許せん!!」

「いやいや、僕はたしかに近衛騎士隊長ではなくなったけれど……気持ちは近衛騎士のつもりだよ？」

そう言ってラファエルは隊長の剣を蹴って、空に舞う。

同時に風が巻き起こって、隊長の周りにいた兵士たちの首も飛ばされた。

残された隊長は決死の覚悟で炎の魔法を使った。

それはラファエルには当たらない。

しかし、天幕の中には入っていった。

そこには大量の魔導具が保管されていた。

敵の足を止めるためにその魔道具を爆発させる計画だ。

それらが炎の魔法で爆発する。

いくらラファエルといえど予想外の事態だった。


「おっと？」

爆炎が拠点を飲み込む。

隊長は重度の火傷《やけど》を浴びながら、木まで這《は》っていく。

そして、その木に背を預けて爆炎に包まれた拠点を見つめる。

この程度で近衛騎士隊長がやられるとは思っていない。

だが、怪我《けが》くらい負わせられれば。

そんな期待が隊長にはあった。

だが、その期待は脆《もろ》くも崩れ去った。

「自爆覚悟の攻撃か。悪くないけど火力不足だったね」

爆炎の中からラファエルが無傷で現れた。

そのことに隊長は顔をしかめる。

だが、そんな隊長を見てラファエルは笑みを浮かべた。

「見事な軍人魂だね。大したものだよ」

「……殺せ」

「殺すよ。けど、その気高い精神に免じて僕の秘密を少しだけ教えてあげよう」

そう言ってラファエルは自分の左目に手を当てる。

すると、ラファエルの瞳から小さなレンズが出てきた。

茶色のレンズだ。

その下にあったのは翡翠《ひすい》色の瞳だった。

「これが僕本来の瞳さ」

「だからどうした……？」

「まだ気づかない？　鈍いなぁ」

そう言ってラファエルは懐から水筒を取り出した。

そして髪を一握り切ると、その水筒の水をかけた。

「子供の頃から瞳の色はレンズで誤魔化《ごまか》し、髪は特殊な水でしか落とせない塗料で染めていたんだ」

「馬鹿な……」

ラファエルが握る髪は茶色から桜色へと変化していた。

翡翠の瞳に桜色の髪。

それが意味するのは一つだった。

「貴様……その血を受け継ぎながら裏切ったのかぁ!?!?」

「そうだよ」

激高する隊長を見て、ラファエルは満足そうに笑いながらその首を飛ばした。

そしてレンズをまた瞳につけ、念入りに髪を燃やす。

まだ正体を明かすわけにはいかないからだ。

「こんなもんでいいかな？　あとは藩国が何とかしてくれるでしょう」

そう言ってラファエルは風に乗って姿を消したのだった。

8

パーシヴァル侯爵領。

そこにマリアンヌが到着したとき、パーシヴァル侯爵は騎士を率いて出迎えにきていた。

「ご無事ですか⁉　王女殿下⁉」

そう言ってパーシヴァル侯爵が駆け寄る。

四十過ぎの背の高い男性。

特別な武勲があるわけではないが、藩国では珍しく私利私欲に走らない人物だった。

そのパーシヴァル侯爵の手勢は百名ほど。

領地の警備を考えるとこれが精一杯の戦力だった。

しかし、マリアンヌはそんなパーシヴァル侯爵を労《ねぎら》った。

「出迎え、ありがとうございます。パーシヴァル侯爵」

「いえ、大した役にも立てず……」

「あなたがこの領地を長く保ったからこそ、私は帝国に向かうことができます。役に立たないなどとんでもないです」

「身に余るお言葉です……」

その会話の後、パーシヴァル侯爵はすぐに話題を切り替えた。

今は緊急事態だったからだ。

「我が領内に流れてきた民は二百名ほどです」

「やはりそれくらいですか……」

マリアンヌは沈んだ表情を見せた。

わかっていたことだ。いくら呼び掛けても動く気力のある民は一握り。

藩国の民は今しか見ていない。未来を見る余裕はないのだ。

だから先を考えて動ける者はごく少数。

ヴァーミリオンが金をばらまいてすら、この数だった。お金のあるなしではなく、気力が足りないのだ。今ある何かを変えて、何かするには気力が必要となる。

それが藩国の民には欠如していた。

だが、それでも二百名が動いた。

今はその二百名を守ることを考えるべき時だった。

「急いで帝国へ向かいます。帝国軍の護衛部隊は？」

「残念ながらいまだに連絡がありません……」

「国境付近に待機しているのでは？」

「そのはずですが……」

近くの兵士に問いかけるが、返ってくるのは困惑の声。

帝国軍からしても予想外の事態だった。

本来なら王都脱出の際につくはずだった護衛部隊。

それが間に合わなかったため、国境付近で待機して、帝国へ向かう時の護衛という形に変更された。

だが、その護衛部隊からの連絡がない。

「連絡要員からの連絡もありませんか？」

「ありません」

兵士は宰相の影という言葉は使わなかった。

藩国側の人間は、各地に現れる連絡要員が宰相の影だとは知らないからだ。

しかし、知っている帝国側の人間からすれば驚愕《きょうがく》だった。

宰相の影は帝国で最も優秀な連絡要員だ。

しかし、その連絡要員たちが護衛部隊の異変を知らせに来ない。

まずい事態になったかもしれない。

そう兵士たちの顔に焦りが浮かんだ時。

朱月の騎士《ヴァーミリオン》が現れた。

「護衛は私が。もはや後には退《ひ》けません」

「ヴァーミリオン……」

「ですが、護衛部隊なしでの国境越えは危険です！　もしも国境付近の藩国軍が動いた場合……」

「私が食い止めます」

躊躇《ちゅうちょ》もなく宣言するヴァーミリオンに対して、兵士は顔を引きつらせる。

食い止めることの難しさを理解しているのか？　という反応だった。

だが、マリアンヌはその言葉に頷《うなず》いた。

「立ち止まっている時間はたしかにありませんね」

「では、殿下と少数だけで……」

「民も一緒に」

パーシヴァル侯爵の言葉をヴァーミリオンが遮った。

当初の予定は崩れ去った。

足手まといの民を連れていくのは危険だろう。

だが、このパーシヴァル侯爵領も安全ではない。

王都からの追手や国境の藩国軍がどう動くかわからない。

下手をすれば領内が火の海になる。

守り切る力はパーシヴァル侯爵にはない。

そのために帝国軍にはすぐさま動いてもらわなければいけない。

しかし、どれだけすぐ動いても数日はかかる。

パーシヴァル侯爵領にたどり着いた民に家はない。その数日が重くのしかかるのだ。

だからヴァーミリオンは無理を承知でそう告げた。

「さすがに承認できません！　危険です！」

「危険は承知。ですが……一緒に連れていかなければ民が死にます」

「そうは言っても当初の予定がだいぶ狂っています！」

兵士の制止を聞きながらヴァーミリオンは少し黙り込んだ。

そして。

「……アルノルト皇子のことは知っています。自分の手の届く範囲で困っている民がいるならば助ける方です」

「藩国の義賊がどうして殿下のことを知っている⁉　デタラメを言うな！」

「……」

兵士の言葉を受けて、ヴァーミリオンはゆっくりと仮面を取った。

若い女だったことに兵士たちは目を見張るが、気にせずミアはマリアンヌに頭を下げた。

「ミアと申しますわ」

「……あなたの正体とアルノルト殿下との繋《つな》がりが関係あるのですか？」

「帝都での反乱時、私は蒼鷗姫《ブラウ・メーヴェ》の護衛をしていました。どうしてかというのは面倒なので省かせていただくですわ」

「そこでアルノルト殿下と接点が？」

「そうですわ。証拠はありませんが、信じていただくために仮面を取りましたですわ。その覚悟をもって私のことを信じてほしいですわ」

「……それを信じることはできません。何の証拠にもなりませんから」

ですが、とマリアンヌは続ける。

「あなたのこれまでの民への献身は信じるに値します。ですから民を連れていきます。構いませんね？」

最後は周りへの確認だった。

パーシヴァル侯爵に否はなく、兵士たちも王女が決めたことに否と言うわけにはいかなかった。

そもそもこれ以上、ここで時間を使うのはあまりにももったいなかった。

「それではすぐに準備を」

「では、護衛をよろしくお願いします。ミアさん」

「はいですわ、王女殿下」

そう言ってマリアンヌとミアは笑い合うのだった。

こうしてマリアンヌと二百名の民が帝国と藩国との国境へ向かって動き出した。

だが、同時期に国境にて帝国軍と対峙《たいじ》している藩国軍にも動きがあった。

「王女が亡命？」

知らせを受けた藩国軍の将軍は、少し思案したあとに一人の男の名を呼んだ。

「エイブラハム大佐を呼べ」

「しょ、将軍……エイブラハム大佐は素行に難が……」

「王女の亡命を止められなければ責任問題で私の首が飛ぶ。使える者は使わんとな」

「しかし……性格に難があります」

「能力は本物だ。なにせ、帝国の国境に穴をあけたのは奴《やつ》だからな」

帝都での反乱後、藩国と連合王国は北部国境を攻めた。

その戦闘の最中《さなか》、帝国軍の司令官がゴードンの部下によって刺される事件が発生し、帝国軍に乱れが生じた。

その部下がエイブラハム大佐だった。

密命を受けていたエイブラハムは北部国境の有能な指揮官たちを次々に斬り殺し、最後は藩国へと亡命したのだ。

だが、亡命後は将軍の指揮下に入ったものの、指示にことごとく反発し、現在は謹慎処分を受けていた。

しかし、それでも藩国軍が抱える戦力の中では最強の部類なのは間違いなかった。

「奴が率いる部隊は速い。今すぐ向かわせろ」

「かしこまりました……」

将軍の副官は納得いかなそうな顔をしつつ、命令を受け伝令を走らせたのだった。

9

「殿下、少しよろしいでしょうか？」

「どうぞ、ラインフェルト公爵」

部屋を訪ねてきたのはユルゲンだった。

予定のない訪問は珍しい。

しかし、いつだって貴重な意見を持ってきてくれる公爵を追い返すメリットは皆無だ。

「実は提案がありまして」

「何についてです？」

「東部諸侯連合軍は陣を張って、その周りを偵察していますが、その偵察範囲を広げたいのです」

「検問をより厳しくするということですか？」

「街の近くでの検問は緩めます。その代わり、偵察の人数はかなり厚くしたいと思います」

「街の近くで検問すると渋滞が発生しますからね。その解消のためですね？」

「それもありますが、偵察部隊を増やしておけば有事に対処しやすくなります。街の近くで検問を敷いていると騎士たちも馬に乗る機会がありませんし、良い機会になるかと」

「リーゼ姉上はなんと？」

「僕に任せるそうです」

「では、問題ありません。すぐに実行してください」

偵察部隊が街にやってくる人たちをチェックすることで、二段階のチェックができる。

もちろん見落としはあるだろうが、今は検問の前に行列ができて急《せ》かされている状況だ。

そんな状況を改善するためなら多少は仕方ない。

二重の検問を突破する奴なら、今の検問もどうせ突破するだろうしな。

「わかりました。ありがとうございます」

一礼してユルゲンは部屋を出ようとする。

俺はそんなユルゲンに声をかけた。

「ラインフェルト公爵」

「はい？　なんでしょうか？」

「……公爵が人を認めるのはどんな時ですか？」

曖昧な質問だ。

しかし、ユルゲンは嫌な顔もせずに、俺の前まで戻ってきて思案する。

そして。

「僕の個人的な意見ということでよろしいでしょうか？」

「もちろんです」

「認めるというのがどういう形になるのかわかりませんが、僕は僕にできないことをできる人に一目置きます。武芸に通じる人、打算なく行動できる人……強い人に立ち向かえる人。その基準は人それぞれかと」

「そうですか……ありがとうございます。リーゼロッテ様は特殊ですからね」

「ご冗談を。参考にはなりません。リーゼロッテ様は特殊ですからね」

別にリーゼ姉上のことだと言ったわけではないが、ユルゲンにはお見通しのようだ。まぁ認められるって話を俺がするなら限られた相手ではあるか。

「リーゼ姉上は盤上遊戯に例えるなら最強の大駒です。しかし、こちらの言うことを聞きません。好き勝手に敵を蹂躙《じゅうりん》する」

「面白い例えですね。しかし、その通りでもあります。問題なのは現在、殿下が求める結果とリーゼロッテ様が求める結果が違うということです。殿下は敵の主要な駒だけを攻撃したいわけですが、リーゼロッテ様は敵の駒をすべて攻撃したい。それを解消させるにはリーゼロッテ様を従わせるしかありません」

「……できると思いますか？」

「できるか、できないかではないでしょう。あなたが望むならやるしかありません」

ユルゲンはそう言って微笑《ほほえ》む。

きっとこの人はすべてわかって北部にやってきた。

藩国という国を焼かないと気が済まないリーゼ姉上の激情。憤怒の炎を理解しながら、北部へやってきた。

その業を一緒に背負うために。一人でやらせないために。

だから笑えるんだ。

「僕にはリーゼロッテ様を止めることはできません。今、止められるのは殿下だけでしょう」

「こんな時、レオがいればと思います」

「レオナルト殿下は一度、リーゼロッテ様を止めたことがあるとか」

「ええ、体を張って真っ向から止めました。どれだけ激情を理解しても、レオなら間違っていると言えるでしょう。だけど、俺は言えない。ここで阻止してしまえば、リーゼ姉上の激情がどこに向かうかわからないからです」

「優しさゆえですね」

「優柔不断なだけです。だから俺は皇帝には向かない」

「かもしれませんね。ですが、今はそんなことを言ってる場合ではありません。もしも……ご自分では止められないと思うなら誰かを真似《まね》るのも良い手だと思います」

真似るか。

たしかに良い手だ。

しかし、誰を真似る？

「姉上が認める相手となると……」

「認めていた相手でもいいと思いますよ。あなたは少なくとも二人は知っているはずです」

「二人？　長兄はわかりますが……あと一人は誰です？」

「まだまだ活力に満ちていた頃の皇帝陛下です。もちろん、今も活力はあると思いますが」

ユルゲンの言葉を受けて、思い出すのは十一年前のある日のこと。

確かに俺はその日、皇帝の姿をしっかりと見た。

皇太子が目指した皇帝の姿だ。

しかし。

「俺にとって……皇帝というのは見ているものなんですがね」

「何事も経験です。一度経験なさるのも一興かと思います」

そう言ってユルゲンは一礼して部屋を出ていった。

得難いアドバイスをもらった気がする。

ただ真似ればいいわけではないが、目指す姿が見えればやりやすい。

そんな風に思っているとセバスがいきなり姿を現した。

「アルノルト様」

「どうした？」

「宰相の影からの連絡が途絶えました」

「時間がかかっているだけじゃないのか？　向こうは敵国で動いているわけだしな」

「その可能性はありますが……予定していた定期連絡がないのは不自然です。私の暗殺者としての勘がそう言っています」

「――いいだろう。お前の勘を信じよう。何かが起きたということだな？」

「確証はありませんが」

「確証を探していたら手遅れだろう」

そう言って俺は部屋を出る。

北部全権代官として、俺は多くの注目を浴びている。この状況でシルバーとして動くのは危険だ。

ゆえに代わりを使うしかない。

今は近くにエルナはいない。

四六時中、俺の傍《そば》にいるわけではないからだ。

エルナにだって休憩が必要だ。

しかし、そうも言ってられない。

「エルナ！　エルナはいるか!?」

「ここよ！　何事!?」

屋敷の二階からエルナが顔を出した。

俺が呼び出すなんてめったにないからだろう。

慌てた様子だ。

「国境へ向かってくれ」

「私はアルの護衛よ⁉」

「お前が一番早い。何かが起きている。探ってきてくれ」

俺の目を見て、エルナはすぐに深刻さを察して頷《うなず》いた。

「マルク！　アルの護衛を頼んだわよ！」

「承知しました！」

そして。

マルクに俺の護衛を任せると、エルナは近くの窓に足をかける。

「何かあったら知らせに戻るわ！」

「頼む」

そのままエルナは窓から外に出て、空を飛んで国境へ向かったのだった。

宰相の影が進めていたのは藩国王女の亡命だ。

何かあるとすればそれ関連だろう。

「何事もなければいいが……」

亡命予定の王女が北部に逃げる途中に殺された。

なんてことになったら、北部は呪われていると言われても仕方ない。

それは何としても避けなければいけないだろう。

10

国境に向かったエルナはすぐさま調査に移った。

アルが何かあると判断し、自分を送り込んだ以上、目立つ何かがあるはずだと思ったのだ。

しかし、空から見るかぎり国境付近に異変はなかった。

だが。

「血と焦げた臭いね」

エルナは何の変哲もない森の中に降り立った。

そこは護衛部隊が拠点としていた場所だった。

大きな爆発があっただろう跡と、無数の死体。

「ほとんど抵抗していないわね」

死体を見れば、どれもやられ方が一緒だった。

部隊同士で戦ったのではなく、手練《てだ》れの奇襲によって全滅させられたのだ。

しかし、百人規模の部隊をあっさり全滅させられる者など限られている。

そしてエルナは犯行の手口的に一人、思い当たる者がいた。

「どうせ見ているんでしょ？　出てきなさい、ラファエル」

「――怖いなぁ。まさかバレてるなんて」

森の中で気配を消していたラファエルがスッと姿を現した。

護衛部隊の様子を見に来た者を殺そうとラファエルはこの場を監視していた。

藩国の王女を捕らえるのは藩国軍に任せるつもりだったが、そのお膳立ては整える必要があったからだ。

しかし、予想以上の相手が出てきた。

「さすがは出涸《でが》らし皇子。最強のカードを惜しみなく切るなんて、普通ならできない判断だ」

「最近、その言葉を聞かずに済んでたのに……あなたを殺したい理由がまた一つ増えたわ」

そう言ってエルナは剣を抜き放った。

そして。

「近衛《このえ》騎士団の隊長たちは誰があなたを討つかで揉《も》めていたけれど……私にチャンスが巡ってきたようで嬉《うれ》しいわ」

「舐《な》められたものだ。近衛騎士団の隊長たちの大半は相手にならないよ。それこそ上位三隊の隊長じゃなきゃね。僕の首も安く見られたものだ」

「調子に乗るんじゃないわよ。第十隊長」

「爪を隠すって言葉を知らないのかい？　あの出涸らし皇子の幼馴染《おさななじみ》の癖に」

ラファエルも剣を抜き、互いに臨戦態勢となる。

睨《にら》み合いがしばし続く。

殺気と殺気がぶつかり合い、息苦しい空間が出来上がった。

互いに一歩も退《ひ》く気はなかった。

ここで相手を仕留めるという姿勢を見せているからこそ、迂闊《うかつ》に動けない。

動けば即座に必殺の一撃が放たれる。

まるで張り詰めた糸のような緊張感。

切っ掛けは些細《ささい》なものだった。

互いの前を蝶《ちょう》が通り過ぎる。

視線がお互いに切れた。

瞬間。

どちらも一歩踏み出していた。

「はぁぁぁぁぁ‼‼」

「うぉぉぉぉぉ‼‼」

エルナは真っすぐ踏み込んで上段から剣を振り下ろし、ラファエルは下段から剣を振り上げる。

速さはほぼ互角。

そのことにラファエルは顔をしかめた。

速さに関しては自分のほうが上だと自負していたからだ。

そして自覚していることがもう一つ。

「はぁっ‼」

「くっ!!」

威力はエルナのほうが上だというのが共通認識だった。

ゆえに速度が互角であれば打ち負けるのはラファエルだった。

剣と剣が激しくぶつかり合うが、やはり押し負けたのはラファエルだった。

自分の剣の勢いまでを飲み込んで、エルナの一撃がラファエルを吹き飛ばす。

ラファエルは大きく吹き飛ばされるが、なんとか体勢は崩さない。

そのままラファエルは帝国側のほうに後退を開始した。

このまま戦い続けて、藩国側に行けば計画が崩れてしまうからだ。

「相変わらず逃げ足が速いわね！」

「そういう君は相変わらず考えが至らないね」

最初の攻防で先手を取られたラファエルは、その後もずっと守勢だった。

後退するラファエルと、それを追うエルナという構図が崩れないからだ。

しかし、その中でもラファエルはエルナに対する揺さぶりをかけていた。

「考えが至らないのはそっちでしょ？　帝国を裏切るなんて本当に馬鹿だわ」

「その帝国はだいぶグラついているみたいだけど？　ここで出涸らし皇子が暗殺でもされたら大変なんじゃないかな？」

誘い出した。

そういう風に思わせようとラファエルは言葉を操る。

実際のところ、アルノルトの暗殺は計画にはない。

エルナが出てきたことは予想外だった。大前提としてエルナはアルノルトの傍を離れないと誰もが思っていたからだ。

だが、今、エルナはアルノルトの傍にはいない。

暗殺するというならこれ以上ない展開だった。

しかし。

「やってみなさい。私の部下がそう簡単に暗殺を許すわけないわ」

「部下を信じているのかい？」

「ええ、近衛騎士隊の護衛を掻《か》い潜《くぐ》れる暗殺者なんてそうはいないもの。そんな相手がいるなら、近衛騎士隊長クラスでしょうね」

言いながらエルナはラファエルの腹に蹴りを加えて、思いっきり吹き飛ばした。

それは大したダメージを与えるモノではない。ただエルナが苛立《いらだ》ちを発散させるためのものだった。

「足癖が悪いな……！」

「ほかに言うことはないのかしら？」

そう言ってエルナはゆっくりとラファエルとの距離を詰める。

エルナに油断はない。

ラファエルの言葉は動揺を誘うためのものとエルナは判断した。

最初のやりとりで、ラファエルはエルナが来たことに驚いていた。

誘い出したならそんなことを言うわけがない。

ならばエルナがすべきことはラファエルを徹底的に抑えること。

自由に動かせばアルの暗殺すら可能な手練れだからだ。

「どうやら僕を逃がす気はなさそうだね」

「当たり前よ」

ラファエルは帝都の時とは違うと感じていた。

帝都でのエルナは様々なことに気を取られていた。

ゆえに逃げることに専念したラファエルを討つことができなかった。

しかし、今はラファエルにだけ集中している。

そのことにラファエルは笑う。

「嬉しいよ……対等と認めてくれているなんてね」

「自惚《うぬぼ》れるのはいい加減にしなさい。あなたは私の足下にも及んでないわ。私は私のやるべきことに専念しているだけよ」

「なるほど……」

そう言ってラファエルはゆっくりと剣をおろした。

両手をだらりと下げた体勢は一見、攻撃の意思がないようにも見える。

まるで殺気も闘志も感じられない。

すべてを放棄したような虚無のような体勢だ。

しかし、エルナはそれが構えだと見抜いた。

「脱力からのカウンター狙い？　それにしては極端ね」

おそらく攻撃を受け流し、隙を突くための構え。

しかし構えというのは本来、防御のためのもの。それを捨てるというのはあまりにも極端だった。

近衛騎士隊長クラスの戦いで、防御を捨てて攻撃をもらえば致命傷となる。

それをエルナ相手にやるという点で、ラファエルの胆力は相当なものだった。

だが。

「攻撃してほしいって言うなら攻撃してあげるわ」

エルナは薄く笑って剣を構える。

そして全身全霊の突きを放った。

だが、寸前のところでラファエルはその突きを逸《そ》らし、逆に隙だらけのエルナに対して突きを放った。

「貰《もら》ったぁ!!」

ラファエルもまた全身全霊の突きを放った。

風の魔法を纏《まと》わせた最速の突き。

避《よ》けようがない。

エルナは攻撃後の〝脱力〟に入っていた。

完全に横を通ったラファエルにとって、今のエルナは隙だらけもいいところだった。

完璧なカウンターだと踏んで、ラファエルは腕を突き出した。

しかし、突きは寸前のところで躱《かわ》される。

そして。

「なにぃ……？」

乾いた音が響き、ラファエルの剣が折れた。

脱力からのカウンター。

それをエルナも行ったのだった。

あえて晒《さら》して、相手の攻撃を誘う。

危険すぎる行為だが、エルナにとって難しいことではなかった。

そういう技が勇爵家にあったわけではない。ただラファエルの構えで仕組みを理解しただけ。

エルナにはそれで十分だった。

「面白い技だったけれど……対策も簡単だわ」

そんな馬鹿なと思いつつ、ラファエルは足を動かそうとする。

だが、その前にエルナの手がラファエルの首を掴《つか》んだ。

「かはっ……！」

「自分の必殺の技を破られてショックかしら？　それなら私の気分も晴れるわ。ただ殴るだけじゃ気が済まないと思っていたから」

ぞっとするほど冷たい目でエルナはラファエルを地面に叩《たた》きつけた。

何もできず、ラファエルは痛みに顔をしかめる。

このままエルナはラファエルを絞め落とす気でいた。

殺してやりたい気持ちはあったが、捕らえられるなら捕らえるべきだという理性がわずかに勝った。

「眠りなさい。起きたら腕の一本や二本無くなってるかもしれないけど」

「ぐっ……」

まずいと思ってもラファエルにはどうすることもできない。

もがこうにも意識が朦朧《もうろう》とし始めた。

このまま捕まるわけにはいかない。

なんとかしようとラファエルが天に手を伸ばした時。

真っ黒なローブに身を包んだ人物がエルナの後ろに立った。

「っっ!?!?」

ラファエルを絞め落としている最中とはいえ、後ろを取られたことにエルナは驚きながら片手で剣を振るう。

だが、その剣は受け流されてエルナは蹴り飛ばされた。

「ぐっ!?　何者!?!?」

すぐに立ち上がり、エルナは攻撃態勢に入る。

だが、そこより先に進むことができなかった。

一歩でも前に出れば不気味な黒いローブの人物の間合いに入ると直感が告げていた。

「ごほっ……ごほっ……助かりましたよ……」

「依頼されたので」

「まぁ、なんでもいいです……二人で仕留めてしまいましょう」

そう言ってラファエルは折れた剣を握る。

風を纏わせればまだ戦えるという判断だった。

しかし。

「剣士が剣を折られたら敗北です。諦めて退きますよ」

「……僕にはまだ切り札があります」

「そういう計画なら止めませんが、私は協力しませんよ」

黒いローブの者に言われ、ラファエルは舌打ちをしたあとに剣を投げ捨てる。

それを見た黒いローブの者が黒い球を放り投げた。

「では、エルナ・フォン・アムスベルグ。いずれ、また」

「待ちなさい!!」

エルナが黒い球の意味に気づいた時。

すでに手遅れだった。

それは古代の魔導具。

ごくまれに遺跡で発掘される〝転移の魔導具〟だった。

古代魔法の転移を再現できるそれによって、二人は黒い穴に飲み込まれて消えてしまった。

すぐに穴も消え去り、追うこともできず、エルナは苛立ちのあまり剣を振るう。

「何者なの……？」

あそこまで綺麗《きれい》に後ろを取られたのはいつ以来だろうか。

間違いないことが一つ。

あの助っ人《すけと》はラファエルよりも強かったという点だ。

悔しさを抱えながらエルナは剣をしまう。

「とにかく報告に戻らないと」

あれほどの助っ人がいるならどんな行動もありえる。

悔しがっている場合ではない。

自分を心の中で叱咤《しった》しながら、エルナはアルの下へ戻るのだった。

11

エイブラハム大佐は数年前まで平凡な軍人だった。

しかし、彼の人生はとある物を手に入れたことで一変した。

魔剣である。

銘は血命《ブルート》。

片刃の黒剣で、能力はシンプルな身体強化。

しかし、そのシンプルな効果はほかの魔剣と比べて強力であり、この魔剣を使うことでエイブラハムは大佐まで上り詰めた。

ただし、それと引き換えにエイブラハムの性格は難のあるものへと変わってしまった。

「血だ……血が足りないぞ！」

藩国軍が設置した小屋でエイブラハムはそう叫ぶ。

現在、魔剣は没収されて、エイブラハムは軟禁状態だった。

藩国軍の兵士たちはこれまで不気味さもあって近づきもしなかったが、命令を受けてエイブラハムの軟禁を解いた。

「エイブラハム大佐。あなたに命令が下った」

「命令……？　その前に私の魔剣を返せ!!」

そう言ってエイブラハムは伝令役の兵士の首を掴み、そのまま絞め上げる。

伝令役の兵士は呼吸ができず、いまにも気絶しそうだったが、その間に運び込まれた血命を見てエイブラハムは兵士を放す。

「おお……！　我が最愛の友よ……！」

エイブラハムは血命を手に取ると、その刀身に頬《ほお》を擦《こす》り付けて、うっとりとした表情を浮かべた。

　そんなエイブラハムから距離を取りながら、伝令役の兵士は伝える。

「くっ……騎馬隊を率いて帝国との国境線へ向かえ！　我が国の王女が帝国に亡命する！　それを阻止するのだ！」

「阻止……？　私が手を下すと全員死体になるが？」

「構わん！　殺してもいいから阻止せよ！」

「ふ、ふふふ……王女の血か……尊い血はどんなものか……興味があるな」

　そう言うとエイブラハムはすっと立ち上がる。

　そして。

「出るぞ。騎馬隊は勝手についてこい」

　そう言ってエイブラハムは小屋から出ると、近くの馬に跨《またが》って走り出したのだった。

■■■

　パーシヴァル侯爵領を出発したマリアンヌたちは、民を率いて帝国国境付近まで来ていた。

　予想された藩国軍からの追手はいまだにない。

　だが。

「ひどい……」

あまりの惨状にマリアンヌはそう呟《つぶや》いた。

亡命用の逃走ルートにて、マリアンヌたちは全滅した護衛部隊を見つけていた。

ラファエルとエルナとの戦いによって、隠されていた拠点が目立っていたからだ。

「護衛部隊が全滅したとなると、今回の一件は敵にばれています！　このまま進めば敵の思うつぼかと」

兵士がそう指摘するが、すでに民と共に引き返せないところまで来てしまっている。

マリアンヌは少し考えたあと、ミアのほうを向いた。

「ミアさん、あなたはどう思いますか？」

訊《たず》ねられたミアの答えは決まっていた。

敵の追手は遅かれ早かれ来る。

民を守りながらでは追いつかれるだろう。

ならば。

「助けを呼ぶしかありませんですわ」

「帝国軍にですか？」

「国境の帝国軍が自分の持ち場を離れるとは思えません。アルノルト皇子を頼りましょうですわ」

「し、しかし、殿下がおられるツヴァイク侯爵領までは、早馬を駆け続けさせても一日はかかります！」

「それまでは時間を稼ぐですわ」

たどり着いたとして、アルがすぐに動くかどうかはわからない。

それでも現状、それが一番の手だった。

相手が最も警戒しているのは国境にいる帝国軍との合流。

それをさせまいとしているなら、敵の動きはそれなりに予想できる。

ただし。

「伝令に対する攻撃も予想されるですわ。何人か放つ必要があるでしょう」

危険な任務だ。

敵だって馬鹿ではない。

結局、目的地は帝国。

ならばあらかじめ、帝国側に人を送っているだろう。

今の北部国境は完璧ではない。数人なら問題なく入れてしまう。

それが伝令に牙をむくのは間違いない。だから一人を送るわけにはいかない。

「伝令に使えそうな馬は三頭です。それ以外では耐えきれないかと」

「では二名選出してほしいですわ。私から一人、推薦したい者が」

「推薦ですか？」

「賢い子です。しっかりと役割を果たしてくれるはずですわ」

そう言うとミアは大勢の民のほうを見る。

そして。

「テッド。こっちへ」

ミアはテッドの名を呼んだ。

出てきた少年を見てマリアンヌは目を見開く。

自分と大して年の変わらなそうな少年が伝令役など認められなかった。

「ミアさん！　いくらなんでも！」

「すべて軍人では敵の目を引きすぎます。誰も子供が伝令とは思いませんですわ」

「一理あります。子供なら体重も軽いので馬への負担も少ないかと」

「ですが……」

「問題なのは能力です」

「私が保証しますですわ」

兵士の賛同を受けて、マリアンヌは押し黙る。

もはや子供だ大人だと言ってる場合ではなかったからだ。

「ミア姉……何の話？」

「テッド……アルノルト皇子のところまで伝令として馬で向かうのですわ。馬にも乗れて、地図も読める子供なんてあなたくらいですわ」

「ちょっと……いきなり何？　伝令って……俺だけ逃げろっていうのか!?」

「逃げるのではなくて、助けを呼びにいくのですわ」

「帝国の皇子が助けてくれる保証があるのかよ⁉　俺なんかが行っても会っちゃくれない！」

「アルノルト皇子は必死な人を見捨てないですわ。特に子供ならなおさら」

「子供扱いするなよ！　俺だって戦えるよ！　平気だって！」

「大人扱いしているから任せるのですわ。皇子に会ったらこの袋を渡しなさい。それでわかってくれますわ」

そう言ってミアは有無を言わさず、テッドの手を引いて馬の前まで連れていく。

最低限の食糧を載せた馬だ。

すでに二人の兵士が準備を終えていた。

「行きなさい。私の代わりに皇子に会うのですわ。ミアが助けを求めていたと言えば、動いてくれるはずですわ」

「動いてくれなかったらどうするんだよ⁉　相手は貴族より上の皇族だぞ⁉　信用なんかできない！」

「黄金の鷲《わし》の一族を舐《な》めてはいけませんですわ」

「アルノルト皇子ってのは帝国の皇族の中じゃ出来損ないなんだろ⁉　出涸《でが》らし皇子って言われてるのを知ってる！」

「そんな風に馬鹿にされても怒らない人なら、信用できるはずですわ。そうでしょう？」

「軟弱なだけだろ⁉」

「そう思うなら会って確かめてみるのですわ」

そう言ってミアはテッドを馬に乗せる。

もはや言っても聞かないと察し、テッドは兵士が手渡した地図を乱暴に受け取った。

「助けが来るまで無茶《むちゃ》をしないと約束してくれ」

「相手次第ですわね」

約束してくれないことにテッドは顔をしかめる。

その間に二人の兵士が馬を走らせ始めた。

テッドはその後に続く。

そんなテッドにミアは声をかけた。

「テッド、助けてもらったらありがとうと言うのを忘れちゃ駄目ですわよ！」

「まったく……」

暢気《のんき》なミアに苛立《いらだ》ちを覚えつつ、テッドはもう自棄《やけ》だとばかりに前を走る二人の後を追ったのだった。

12

エイブラハムは周到だった。

率いる騎馬隊の数は千騎。

その騎馬隊の何名かを帝国側に潜入させて、敵の伝令を討てと命令を下したのだ。

そして自分は国境に沿って動いて、痕跡を探っていた。

相手は結局、帝国側に逃げ込むしかない。

逃げる方向が限られている逃走者。

追い詰めるのは難しくはなかった。

「ああ……血だ……少し待っていてくれ……」

独り言を呟《つぶや》くエイブラハムから騎馬隊の兵士は距離を取っていた。

不気味だったのと、エイブラハムが突然進路を変えたりするからだ。

「んん？　こっちか！」

エイブラハムは突然、進行方向から見て左に動いた。

前振りも指示もないため、騎馬隊の面々は慌ててエイブラハムを追うことになる。

だが、その甲斐《かい》あってエイブラハムたちは手がかりにたどり着いた。

「馬車の通った跡です！」

「しかし、この先に国境の抜け道はなかったはず……」

「帝国側だけが気づいていた抜け道だ。わざわざ封じなかったのはこのためだろう。行くぞ！」

エイブラハムは即座に判断し、馬車の通った跡を追った。

しかし、しばらくしてエイブラハムは異変に気付いた。

「足跡が減った……？」

「うわっ⁉」

突然、エイブラハムが止まったため、騎馬隊も止まる。

あまりに突然だったため、何頭かの馬が衝突して、何人かが振り落とされてしまう。

だが、エイブラハムはそれについては一切気にしなかった。

「何かあったんですか⁉」

「見てわからんのか？　足跡が減っている」

「どう見ても民と一緒です！　はぐれたんでしょう！」

「能無しめ、二度と喋《しゃべ》るな」

そう言ってエイブラハムは喋った兵士の首を飛ばした。

だが、直後に顔をしかめる。

「まずい血を吸わせてしまった……申し訳ない、最愛の友よ！」

ハンカチを取り出し、エイブラハムは自分の魔剣を綺麗《きれい》にする。

そして、その間に考えを整理した。

相手は二手に分かれている。

しかも馬車と徒歩で。

気づくのが遅れたのは途中まで足跡を偽装していたからだ。

追われ慣れている。

直感的にそう判断し、エイブラハムは反転した。

「足跡を探せ！　分かれた足跡があるはずだ！」

「し、しかし、馬車は向こうに」

「相手は王女ならば馬車で移動するという先入観を利用している！　徒歩で分かれたほうに王女はいる！」

　一国の王女を馬車から降ろし、徒歩で移動させるだろうか？

目的地が近いならまだしも、帝国北部の主要な街まではかなりの距離がある。

ほぼありえないという考えに騎馬隊の全員がなったが、逆らえば殺されてしまう。

恐怖に駆られて、騎馬隊の面々は必死になって足跡を探した。

そして。

「み、見つけました！」

「確かに足跡だな」

少数の足跡が馬車とは別方向に向かっている。

しかし、向かう先が帝国であることには変わりない。

「部隊を分けますか……？」

「必要ない。もしも外れていたなら、改めて馬車を追えばいい」

「ですが……万が一逃したら……」

「馬車では騎馬からは逃げられん。ましてや真っすぐ逃げるわけにもいかないからな、向こうは」

　そう言ってエイブラハムは馬を走らせ出した。

不安に駆られながら、騎馬隊もその後を追うのだった。

■■■

「気づかれましたですわ」

「そんな……」

地面に耳をつけていたミアが体を起こす。

騎馬隊の足音がこちらに向かっていた。

しかもかなりの数だ。

部隊を分けたわけではない。

「いずれバレる作戦ですわ」

ミアはマリアンヌを馬車から降ろし、少数の供回りと共に別ルートを歩いていた。

本来のルートは民と共に帝国軍兵士が進んでいる。

敵が部隊を分けることを期待していたが、まさか的確に二択を当ててくるとは。

「運がいいのか、読みなのか……それで状況が変わってきますですわ」

言いながらミアはできるだけ馬が通れないような木々の間を通って、相手を撒《ま》こうとする。

しかし、そうやって動けばいつまで経《た》っても帝国側には入れない。

今いる森を抜けなければ帝国側に行けないからだ。

そのうち、森の中で捜索が始まるだろう。

だが、それでも時間稼ぎをミアは優先させた。

「とにかく時間を稼いで、隙を見て森を突破しますですわ」

「できますか……？」

「やるだけですわ」

言いながらミアは少しホッと息を吐《つ》いた。

マリアンヌには悪いが、ミアは敵が民を追わなかったことにほっとしていた。

いくら帝国軍の兵士が護衛についているとはいえ、追手のほうが多い。

民に構っている暇がない以上、王女がいないとわかれば標的が変わるという打算があったとはいえ、無力な民が犠牲にならなかったことは幸いだった。

ましてやその民の中には自分の兄弟たちがいる。

無事であることは喜ばしいことだった。

「ミアさん……少し不謹慎なことを言っても構いませんか？」

「どうぞ。なんですの？」

「実は……こちらに追手が来てよかったと思っています。無力な人たちを囮《おとり》にしてしまったのでは？　と気に病んでいました」

「……同じことを思っていましたですわ」

「そうですか……では頑張って囮になりましょう」

そう言ってマリアンヌは笑みを浮かべた。

その笑顔を見てミアは気持ちを新たにする。

必ず、この王女だけは逃がしてみせる、と。

「追手が近づいてきましたですわ……ここからは辛《つら》いですわよ？」

「覚悟の上です」

「わかりました。とりあえず身を低くして、私についてきてくださいですわ。森には馬じゃ探せない場所がたくさんですわ」

「ミアさんは何でも知っていますね……」

「追われることには慣れていますですわ」

そう言いながらミアは苦笑する。

追われ慣れているとはいえ、前のミアなら全員一緒に逃げただろう。

自分が追い返せばいいという発想になっていたはずだ。

だが、今は少しばかりの策を弄した。

戦力を分散させたほうがやりやすいからだ。

どうしてそういう考えになったのか？

帝国での経験が活《い》きていた。

「帝国でも逃げていましたものね……」

帝国での経験を思い出しながら、ミアは小さく呟く。

あの時も絶望的状況だったが、助けが来るまで耐え抜いた。

今回も耐え抜くだけだ。

違うのは助けを待つ側だった人物が、今度は助けに来る側ということだった。

13

テッドは無我夢中で走っていた。

「はぁはぁ……急がないと……」

途中まで一緒だった兵士たちはもういない。

敵の目をひきつけるため、彼らは目立つルートを行った。

自分たちの死を予感しながらテッドを行かせたのだ。

敵も子供の伝令がいるとは思わなかったようで、テッドが追われることはなかった。

しかし、眠ることもせず一日中、馬を駆けさせるのは過酷だった。

ましてやテッドは地図を見ながらの移動だ。

合っているのかどうか。常にその不安と戦いながらも、テッドは強靱《きょうじん》な精神力で耐え抜いた。

そしてテッドはもうすぐツヴァイク侯爵領の領都・デュースが見えるところまでたどり着いたのだった。

だが、そこでテッドが乗っていた馬が限界を迎えた。

走ることができず、崩れ落ちた馬を見て、テッドは励ますことはしなかった。

よく頑張ってくれた。もはや息も絶え絶えな馬にお礼を言って、テッドは自らの足で走り始めた。

だが、疲労はピークに達していた。

いつまで経《た》っても街には着かない。

焦りの中。

テッドの目に休憩中の騎士たちの姿が見えた。

注目したのは繋《つな》がれた馬だった。

テッドは迷わず走った。

「会うんだ……！　皇子に！」

幾度も呟いた言葉を口にしながら、テッドは騎士たちの目を盗み、繋がれた手綱をほどき、馬に跨《またが》る。

だが、疲労困憊《ひろうこんぱい》な状態ではどうしても早業とはいかない。

「おい！　何をしている！　小僧！」

「放せ！　皇子に会わなきゃいけないんだ！」

騎士たちに捕まえられたテッドは、馬から引きずり降ろされた。

それでもなお暴れるテッドの前に、一人の男が立った。

身なりの良い服で、明らかに貴族とわかる。

「少年、なぜ私の馬を盗もうとした？」

「盗むんじゃない！　借りるんだ！　すぐ返す！　俺は皇子への伝令だ！」

「信じられるわけないだろ……とりあえず事情を話してみなさい」

「時間がないんだ！　放せ！」

「事情もわからずに放せるわけないだろ！　大人を馬鹿にするのもいい加減にしろ！　どうした？　売るつもりだったのか？　それも興味本位か？」

呆《あき》れたため息を吐《つ》く貴族の男にテッドは殺意が湧いた。

そしてそのままテッドは貴族の男の脛《すね》を蹴り上げた。

「っ!?　なにをする!?」

「違うって言ってるだろ！　皇子に会わなきゃいけないんだ！　大事なことなんだ！　馬を貸してくれ！」

「まだ言うか……盗みの現行犯で突き出してもいいんだぞ？　嘘《うそ》を言うのはやめて、正直に言いなさい。悪いようにはしないから」

「どうでもいい！　いいから馬を貸せ！　俺は伝令なんだ！」

らちが明かない。

早く街に行って皇子に会うということしか、テッドの頭にはなかった。

そんな中、新たな一団が到着した。

「何事です？」

「これは……ユルゲン様」

貴族の男がそう言って頭を下げた。

現れた小太りの男は馬上のままだ。それだけ位が高いということだった。

見下ろされたテッドの中で、一気に何かが沸き上がってくる。

「この少年は？」

「馬泥棒です」

「馬泥棒？」

「違うって言ってるだろ!! お前らはいつだってそうだ！ こっちの話は一切聞かない！ 高いところから見下ろしているから、俺たちの声なんか耳に入らないんだ！」

「お、おい！ 誰に口を利いて！」

「知るか！ 身分なんて関係あるか！ こっちは人の命がかかってるんだ！ 伝令として必死に走ってきた！ 馬が必要なんだ！ 街に行って皇子に会わなきゃいけないんだ！」

「まだそんなことを……かなり大ぼら吹きですね」

「どうせ信じないんだろ!? お前らは平民の言うことなんて信じない！ わかってるさ！ 同じ貴族しか人間と思ってないんだろう!? 何が貴き一族だ！ 反吐《へど》が出る！ 貴さなんか微塵《みじん》も感じない！」

「このガキ！ いい加減にしろ！」

テッドのことを取り押さえていた騎士が、さすがにまずいと思ったのか、テッドを地面に押し付けた。

だが、テッドの言葉は止まらない。

「クズどもめ！　お前らなんかがいるから、平民が苦しむんだ！　何もしないでも飯が出てきて、周りが頭を下げて！　さぞや気分がいいだろうな！　そうやって他人から搾取して楽しいか⁉」

「このっ！」

さすがに我慢の限界だったのか、貴族の男が腕を振り上げた。

だが、その腕をユルゲンが摑《つか》む。

しかし、ユルゲンの目は真っすぐテッドを向いていた。

「――ほかに言うことは？」

「……なにぃ……？」

「見たところ、本気で走ってきたんだろう。疲労も見て取れる。それで、貴族への文句を言うために走ってきたのかい？」

「そんなわけ……そんなわけないだろ⁉」

「僕らは君を信じる理由がない。ましてや口汚く罵られれば、聞く耳を持たないのも当然だ。だが……君にはどうしてもやり遂げなきゃ駄目なことがあるようだ。そんなことをしている暇が君にあるのか？」

ユルゲンに諭され、テッドは激しい葛藤に苛《さいな》まれた。

だが、想《おも》いが葛藤をねじ伏せた。

地面に頭をこすりつけながら、テッドは助けを求めた。

「……どうか馬を貸してください……必要なんです……助けてください……」

正式な伝令ではないテッドには、身分を示すものがない。

周りにいた軍人たちも持っていなかったし、彼らの軍人としての証《あかし》を持っていたとしても盗んだとあらぬ嫌疑をかけられただけだろう。

アルに会えさえすれば、ミアからの袋がある。だが、そのためには街に行かなければいけない。そこにたどり着きさえすれば、騒ぎを起こしてでも皇子に会うとテッドは決めていた。

屈辱はあった。後悔も。

だが、それでもテッドは貴族に頭を下げた。妹を助けてくれと頼んだとき以来のことだった。

あの時との違いはただ一つ。

頼んだ貴族の質が明確に違った。

「いいだろう。乗りなさい」

「はい!?　ユルゲン様！　信じるのですか!?」

「信じます。最初の様子を見れば、よほど貴族が嫌いなんでしょう。それでも助けを求めてきた。嫌いな相手に頭を下げるのは簡単ではありません。嫌いという意思が明確な、この少年のようなタイプは、自分のためには頭を下げません。やるならば、自分以外の誰かのためです」

そう言ってユルゲンはテッドに手を差し伸べた。

だが、テッドはその手を取れなかった。

貴族の馬に乗るというのに、拒否反応が出たのだ。

しかし。

「貴族の馬には乗れないかな？　安い誇りだ。貫くならもっと大きな誇りにしなさい。何をしても助けたい人がいるのでは？　なら乗りなさい。僕の馬は東部一の駿馬《しゅんめ》だ。僕みたいな重い者が乗っても風のように走ってくれる」

「……くそっ！」

ユルゲンの手をテッドは取る。

ユルゲンは簡単にテッドを引き上げると、自分の前に乗せた。

「急ぐから摑まっていなさい」

「え？　おわっ……！」

ユルゲンは宣言通り、馬を全力で走らせた。

テッドは振り落とされないように必死に馬にしがみつくことしかできなかった。

ユルゲンはそんなテッドの必死な様子に目を細め、さらに速度を上げる。

供回りの騎士たちも追いつけないほどの速度だった。

そしてすぐに街が見えてきた。

だが。

「おい……ここって……」

「軍の陣営だ。突っ切る」

「嘘だろ⁉」

テッドの言葉を聞かず、ユルゲンは真っすぐ陣営に突入した。

馬が陣営内を走るのは珍しくはないが、周りを気にせず全速力というのはめったにない。

誰もが顔をしかめる行為だった。

しかし。

「殿下への伝令である！　通せ！」

まるで竜の咆哮《ほうこう》のような大声でユルゲンは告げる。

訓練をしていた貴族や、武器の手入れをしていた騎士たちは慌てた様子で道を空けていく。

そして決まって、道を譲った貴族や騎士が頭を下げていた。

「あんた……何者だよ……？」

「しがない貴族さ。親が貴族だから生まれたときから貴族だった。君の言う通りだ。我々は貴くなどない。だからこそ、貴くあろうとする努力は怠れない」

そう言ってユルゲンは街の門に向かって馬を走らせ続けた。

しかし、その門は閉まっていた。

「門が閉まってるぞ⁉」

「開門！　殿下への伝令である！　開門せよ！」

なんて力業な。

そう思いながら、テッドは耳を塞ぐ。

あまりの大声に耳が馬鹿になりそうだった。

だが、その甲斐《かい》あって門が上へと上がり始めた。

しかし、ユルゲンは止まらない。

「おいおい……」

「門が開き切る時間すらもったいない」

「そうは言っても……」

「恐れるな。今稼ぐ時間がきっと役に立つと思えば、何だってできる」

そう言ってユルゲンは体を横に傾けて、開きかけた門に滑り込む。

なんとか馬一頭が通れる隙間だ。

テッドは馬にへばりつくが、ユルゲンはそれでは間に合わない。

一瞬のあと、ユルゲンたちは何事もなく走っていた。

だが。

「お、おい……血が……」

「掠《かす》っただけさ。それに血なら君も流している。おあいこさ」

ユルゲンの頬《ほお》は少し切れていた。

ギリギリ掠ったからだ。

それを心配するテッドも、体のあちこちに傷があった。

そんなテッドの頭にユルゲンは手を乗せた。

「もうすぐだ。殿下は屋敷にいらっしゃる。大きな声で呼ぶんだ。殿下は必死な者を見捨てはしない」

そう言ってユルゲンとテッドを乗せた馬は屋敷に突入したのだった。

14

屋敷に突入したユルゲンとテッドは、馬から降りると大声でアルの名を呼んだ。

「殿下！　アルノルト殿下！　おられますか⁉」

「アルノルト皇子！　伝令です！　聞いてください！　伝令です！」

まず屋敷に入ったのはテッドだった。

さすがに見知らぬ少年が屋敷に入るのは、ということで近衛《このえ》騎士が制しようとするが、後ろにユルゲンの姿を認めて近衛騎士たちは一歩下がった。

ユルゲンが帝国公爵だからではない。

アルが敬語で接する数少ない貴族だからだ。

だが、なかなかアルは出てこない。

それには理由があった。

テッドが来る前にエルナが戻ってきていたからだ。

■■■

「ラファエルに加えて転移型の魔導具を持つ実力者か」

「……ごめんなさい」

「謝る必要はない。国境に異変があるとわかっただけで十分だし、それ以外にも情報はたくさん集まった」

「……ラファエルを助けた人物はラファエルよりも強いわ。私も聖剣なしじゃ……難しいかもしれない」

「そんな相手は正直、思いつくかぎり数人しかいないはずだけどな」

そう言ってアルは思案に入った。

転移型の魔導具は本当に希少なものだった。

古代の物であるため、完璧に動作するものも珍しい。

そんな物を持っている人物で、しかもエルナ並みに強いとなるとほぼ絞られてくる。

さらにエルナの前に現れたことを考えれば……。

「……厄介だな」

「そうね。転移型の魔導具を持っている以上、どこからでも奇襲可能だわ」

「そういうことじゃない。転移型の魔導具は本当に希少だ。手に入れようにもなかなか手に入らない。それを使って撤退したなら、再度の攻撃はほぼない」

「それもそうね……なら何が厄介なの？」

「ラファエルが誰についているのかわからない。だからその謎の助っ人《すけと》も誰についているかわからない。わからないというのが厄介だ」

アルには助っ人の正体についても、エルナの前に現れた理由にも察しがついた。

問題なのは誰についたのか。

順当に考えればエリクだった。ラファエルもゴードンに加担したように見えて、裏ではエリクの指図を受けていた。

そう考えればゴードンの陣営にラファエルがいなかったことも、第四妃の襲撃に参加してなかったことも説明がつく。

「私が逃がさなきゃ……」

「捕縛できればよかったな。つまり捕縛という判断は間違っちゃいない。あいつには謎が多すぎる。なぜ裏切ったのか？　なぜ帝位争いをかき乱すのか？　誰についているのか？　捕縛したからといって情報を得られるかはわからないが、情報を引き出せればでかい。父上も……そっちのほうがいいだろう」

「自分の息子のように接していたものね……」

「あいつが近衛騎士になったことをとても喜んでいた。あいつも父上のことを父親のように考えていたと思うんだがな……」

ラファエルに対する謎は深まるばかり。

アルですら裏切った理由は皆目見当がつかなかった。

そんな話をしていると、屋敷の外から大きな声が聞こえてきた。

「殿下！　アルノルト皇子！　伝令です！　聞いてください！　伝令です！」

「アルノルト殿下！　おられますか!?」

アルとエルナは顔を見合わせて怪訝《けげん》な表情を浮かべた。

知らない声だったからだ。

「子供の声だな？」

「ラインフェルト公爵はいいとして……子供の伝令なんて、どこから？」

「さぁな。だが、会ってみよう。ラインフェルト公爵が連れてきたなら信用できる」

「待って。私がまず確認を」

「必死な声だ。時間が惜しいんだろう」

「用心はするべきよ？」

「何かあってもお前がいる」

そう言ってエルナを黙らせたアルは、部屋から出て屋敷の玄関まで出ていく。

そこでは必死にアルの姿を探し求めるテッドがいた。

「用件だけ話せ」

「えっ……？　あ、アルノルト皇子ですか……？」

「影武者じゃないから安心しろ。屋敷に黒髪は俺だけだ」

「あ……は、藩国から来ました！　王女の亡命に付き添って！　追手が迫っています！　助けてください！」

「王女の亡命……!?　四日後のはずだぞ!?」

「護衛部隊が全滅してたのは、そういうことね……」

アルもエルナから護衛部隊の全滅に関しての報告は受けていた。

だが、それなら新たに部隊を送ればいいと思っていた。前提としてまだ四日あるという考えがあったからだ。

しかし、その前提が崩れた。

「王女の監視が厳しくて、危険ですけど決行したんです！　お願いします！　みんなと……ミア姉を助けてください！」

そう言ってテッドは頭を下げながら袋をアルに対して差し出した。

アルは迷わず袋を取る。

中に入っていたのは大量の金貨。そして一枚の手紙。

開くと、そこには。

「使いきれないので返すですわ……相変わらずわかりにくいぞ」

かつてミアに渡した物であり、手紙もミアの物。

アルは呆《あき》れた様子でため息を吐《つ》いた。

そしてテッドに視線を向ける。

明らかに疲労困憊《ひろうこんぱい》。ここまで必死になってやってきたのが一目でわかった。

それでもアルは訊《たず》ねた。

「名は？」

「テッドです！」

「ミアの弟なのか？」

「いえ、一緒に育ちました……」

「十分だ。まだ頑張れるか？」

「だ、大丈夫です！　まだ何でもできます！」

「よろしい。大雑把《おおざっぱ》でいい、道案内を頼む。近衛第三騎士隊――出陣するぞ。準備しろ」

アルの言葉にエルナは呆《あき》れながら一礼し、傍《そば》にいたマルクは天を仰いだ。

そのままマルクは疲れた声で告げる。

「一応言っておきますが……殿下が出陣するほどのことで？」

「借りがある。帝都の反乱時、ミアはフィーネを守ってくれた。藩国の人間であるにもかかわらず、全力を尽くしてくれた。だから俺もミアを助けるのには全力を尽くす」

「全権を任されているとはいえ、さすがに非難は避けられませんよ？　国境で戦闘を起こせば即座に戦争です。まだ準備が整っていません」

「上等だ。裏切り者たちを待つのは気に食わなかったところだしな。責任は俺が取る」

「やれやれ……隊長はどうお考えで？」

「言っても聞かないわよ」

そう言ってエルナは部下たちに馬の準備を命じた。

マルクは首を左右に振りながら、その手伝いに向かうのだった。

そんな中、慌てた様子でフィーネが現れた。

手に持つお盆には水や軽食があった。

「どうぞ。慌てずに」

フィーネはそれだけ言ってテッドに水を渡す。

テッドは言葉を発するのを忘れて、その水を飲み干した。

喉が潤うと今度は腹が減る。そこに軽食が差し出された。

テッドはそれを口に放り込む。

空腹はそれで満たされていく。

そしてあっさりと平らげたテッドは、フィーネのことを見上げる。

見たことがないほど綺麗《きれい》な女性だった。

まともに顔が見られず、テッドは自然とお礼を口にしていた。

「……あ、ありがとうございます……」

「いいえ。どういたしまして。アル様、彼と共に出陣を？」

フィーネの言葉にアルが頷《うなず》く。

するとフィーネは笑みを浮かべて、テッドの頭を撫《な》でた。

「ご武運を。私はミアさんとはお友達なんです。ここで無事を祈っています。頑張ってくださいね」

「は、はい！」

フィーネはそれだけ言うとアルに一礼して、そのまま下がっていった。

出陣と決まった以上、自分にやれることはあまりないからだ。

「殿下！　準備が整いました！」

「よし、出るぞ」

「お供します」

歩き出したアルの少し後ろにユルゲンが続く。

テッドもその後を追うが、そこで自分がまだお礼を言っていないことに気づいた。

ミアにも言われたことだった。

「あの……ありがとうございます！　アルノルト皇子！　それと……」

テッドはユルゲンのほうを向く。

まだ名前も聞いていなかった。

そんなテッドにユルゲンは微笑《ほほえ》み、軽く頭を下げた。

「失礼、自己紹介がまだだったね。僕はユルゲン・フォン・ラインフェルト。一応、帝国公爵だ」

「公爵⁉」

伯爵くらいだと思っていたテッドは、思った以上に位が高かったことに驚く。

だが、ユルゲンは気にした様子もなく、馬に乗ると手招きした。

「嫌じゃなければ同乗しないかな？　僕の馬は速いからね」

「でも……俺は……平民ですから」

「知らないようなら教えておこう。帝国の宰相も平民出身だ」

そう言うとユルゲンはテッドの手を取り、自分のほうに引っ張り上げる。

テッドもされるがまま、ユルゲンの馬へ乗った。

「出陣するぞ！」

アルが馬を走らせ、その後に近衛《このえ》騎士たちが続く。

ユルゲンも遅れてはいけないと馬を走らせた。

「君は十分に頑張った。だが、もう少しだけ力を貸してほしい。どうか僕らに誰かを助ける力を」

「が、がんばります……」

「それと、お礼を言うときは気をつけなさい。僕らはまだ何も成しちゃいない。ちゃんと君のお姉さんを助けられたとき、改めてお礼を聞こう。それまで気を抜くな」

「は、はい」

ユルゲンはテッドの返事に満足しながら、アルのほうへ馬を寄せた。

「殿下、他の騎士はどうされますか？」

「ついてくる者だけついてくればいいでしょう。今は速さが第一です」

「かしこまりました。どなたか僕の声を魔法で伝えていただけますか？」

近衛騎士に頼んだあと、ユルゲンはスッと息を吸った。

同時にアルたちが門を抜けると、陣営にいた騎士たちは何事かと目を向けた。

その瞬間を逃さずユルゲンは言葉を飛ばした。

「東部諸侯連合軍！　アルノルト殿下の出陣である！　今すぐ戦う覚悟がある者だけついてこい！　東部より遥々《はるばる》出向いたのは――今、この時のためと心得よ！」

ユルゲンの言葉によって、陣営内が慌ただしくなった。

鎧《よろい》をつける者、荷物を片付け始める者、自らの主《あるじ》に確認を取る者。

人それぞれだが、彼らは出遅れた。

アルたちの後に続くことができたのは、即座に馬へ跨《また》がった者だけだった。

どの貴族の騎士かは関係ない。

心の準備をしていた者だけが続々とアルたちの後に続いたのだった。

15

「また突破されました！」

悲鳴のような報告にエイブラハムはため息を吐いた。

森の中での戦いは長引いていた。

森の中にまだ潜んでいると踏んだエイブラハムは部隊を広げて捜索し始めた。

千人規模の部隊による捜索だ。

見つかるのは時間の問題。

だが、ミアは逆に人の薄いところを狙って打って出た。

まさか自分たちが襲撃されると思っていなかった兵士たちは混乱し、ミアたちを逃した。

それからはその繰り返しだった。

捜索のために部隊が広がり、そこをミアが襲撃する。

兵士たちの間に恐怖が生まれ、捜索に身が入らなくなる。そうなると些細《ささい》な変化を見逃すため、潜伏するミアたちを見つけられない。

そして完全な奇襲を仕掛けられる。

「追われ慣れているとは思っていたが……これほどだったか」

エイブラハムは感心しながら、簡易な地図に幾度目かの丸を書いた。

それは今回の捜索範囲だった。

エイブラハムにとって、兵士などいくら死んでも構わなかった。

これまではエイブラハムが間に合わない位置から突破されていたが、それも時間の問題。

エイブラハムは相手の動きを予測しながら、徐々に包囲を狭めていたからだ。

「包囲を再構築する」

「た、大佐……もう丸一日以上、捜索しています……」

「だからどうした？　相手も丸一日以上、逃げ回っているぞ？」

「皆、疲れています！　どうか休憩を！」

「そんなことをすれば、これまでの包囲が無駄になる。それを好機と見て、向こうが狩る側に回ってしまうぞ？　そうなったとき、支払いは貴様らの命だがいいのか？」

「っっ……」

エイブラハムの冷たい言葉に兵士は息をのむ。

それは脅しではなかった。

実際、追い詰められているのはミアたちのほうであり、追い詰めているのはエイブラハムたちだった。

今、手を緩めればその優位を手放す。

森の中から矢が飛んできて、相手の位置も見失う。

また新たな犠牲が出てしまうのは確実だった。

「嫌なら包囲の準備だ。私はどっちでもいいぞ？　お前たちを囮《おとり》にして誘い出すのも悪くはない」

「ほ、包囲の準備に入ります！」

兵士の返事を聞いて、エイブラハムは鼻で笑う。

藩国の兵士は士気に欠ける。帝国の兵士とは決定的にそこが違った。

ゆえに手こずったが、そろそろ終わりが見えてきていた。

「さて……そろそろ会いに行くとするか」

そう言ってエイブラハムも動き出したのだった。

■■

森の中での逃避行。

ミアにとって珍しいことではなかった。

藩国内で義賊をしていたミアには、幾度も軍が派遣された。そのたびに寝ずの逃避行をしていた。

だが、今のミアには同行者がいた。

「ミアさん……次は……どこへ……？」

「もう少し寝ていて大丈夫ですわ」

マリアンヌは眠そうな表情でミアに問いかけ、ミアはそんなマリアンヌに上着をかけながら寝ているように促す。

ミアたちがいるのは、大木の下。

包囲を突破したあとミアはそこに身を隠した。

太陽の動き的に一日以上は時間を稼いだ。

しかし、テッドが問題なくアルの下へたどり着き、アルがすぐに動いたとしても国境まで来るのには時間がかかる。

まだ時間稼ぎは必要だった。

しかし、マリアンヌはもう限界でもあった。

これ以上、逃げ続けるのは難しいだろうとミアは感じていた。

「仕方ありませんですわね」

ミアは浅い眠りについたマリアンヌを見ながら呟《つぶや》く。

マリアンヌはまだ十四歳になったばかり。

人質として幼い頃から不遇な立場にあったとはいえ、過酷さに耐えられるわけではない。

王族ならば耐えるべきだと言う人もいるだろう。

事実、帝国ではマリアンヌより幼い皇子や皇女が使命を果たしている。

だが。

「あの一族は特殊ですものね……」

黄金の鷲《わし》の一族。

大陸中央に君臨する帝国の皇族。アードラーの一族。

脈々と受け継がれた血は伊達《だて》ではない。

ただ惰性で続いたわけではなく、その時代を勝ち抜いた者の血が後に残されてきた。

藩国の王族とは積み重ねてきた歴史も自らに課す責務も段違いな一族だ。

大陸に比肩する一族はいない。そう言っても過言ではないだろう。

そんな一族の者たちと比べるのは可哀想《かわいそう》であるし、マリアンヌも十分すぎるほど頑張っている。

弱音も吐かず、ミアについてきた。

同じ年で同じことができる者がどれほどいるか。

「……生かさなきゃ駄目な人ですわ」

ミアはそう決意を固め、手に持つ弓のチェックを始めた。

敵の動きは早い。

すでに再包囲の準備に取り掛かっている。

このままいけば、次こそ敵の主力とぶつかるかもしれない。

そうなれば全力で逃げるしかない。

足を止めればマリアンヌを守り切れないからだ。

「望むところですわ」

そう言ってミアは前を見据えたのだった。

■■■

包囲が完成し、エイブラハムは包囲を狭めるように命じた。

徐々に狭まる包囲の内側から、数本の矢が飛んできて兵士の頭を射抜いた。

エイブラハムはすぐさまそちらへ走っていく。

そして。

「やっと会えたな！」

「私は会いたくなかったですわ！」

エイブラハムの魔剣がミアに迫るが、ミアはそれを躱《かわ》してお返しとばかりに矢を放つ。

通常の矢ではない。

魔弓だ。

それにエイブラハムは驚き、弾《はじ》きながら距離を取る。

その間にミアはマリアンヌを連れて離脱した。

「面白い……噂《うわさ》の藩国の義賊か！　追え！　王女を連れている以上、限界はある！」

エイブラハムはそう指示しながら自分もミアたちの後を追ったのだった。

16

追われるミアたちは、敵の騎馬を奪い、そのまま森を脱出していた。

つまり帝国領に入ったのだ。

しかし、森を抜けた以上、身を隠す場所はない。
「そのまま真っすぐ走ってですわ！」
馬に乗りながらミアは、後方に矢を放つ。
エイブラハムたちはしつこく食い下がってきていた。
森の中では、ミアはエイブラハムを接近させずにやり過ごせた。
だが、森を抜ければ遮る物がない。
身を隠す場所がないうえに、相手は自由に動ける。
ミアにとっては不利だった。
「しつこいですわ！」
そう言ってミアは魔弓でエイブラハムを攻撃する。
一見すると外れたように見えるが、それは急激に曲がってエイブラハムの死角を突く。
だが、エイブラハムは見もせずに死角から飛んできた魔法の矢を弾いた。
「またですわ……！」
エイブラハムの反応は常軌を逸していた。
まるで魔剣が勝手に動いているような反応だ。
人間ならば視線が動くはずだが、視線はずっとミアに固定されている。
不気味さにミアの中で焦りが生まれた。
あの男をマリアンヌに近づけてはいけないと本能が告げていた。

だからミアは馬の足を止めた。

「ミアさん！」

「構わず！　あの男を止めるですわ！」

そう言ってミアはエイブラハムとの戦いに臨んだのだった。

■■■

弓と剣。

本来、接近戦なら剣が圧倒的に優位である。

だが、ミアは魔弓使い。

常識は当てはまらない。

「国をあげても捕まえられない義賊……なるほど。大したものだ」

「そういうあなたは藩国の軍人ですの？」

「今は、な。前は帝国軍にいた」

「だと思いましたですわ。軍服の着こなしがなってませんわよ！」

そう言ってミアは距離を詰めてきたエイブラハムの剣を躱し、お返しとばかりに魔法の矢を放つ。

至近距離での連射。

しかし、エイブラハムはすべて弾き落とした。

「亡命した軍人が亡命しようとする王女を追う。なかなか皮肉が利いているとは思わんか？」

「思いませんですわ。やはり魔剣に〝操られる〟ような人のセンスはわかりませんですわ」

ミアの言葉にエイブラハムは何も言わず笑う。

魔剣の中には意思を持つ物もある。

作り主の人格が知らぬ間に転写されていたり、持ち主の無念が宿ることもある。

そういう魔剣は総じて強力ではあるが、道具としての一線を越えてくる場合もある。

所持者が支配されてしまう場合だ。

そうなると危険なのは所持者だった。

魔剣は所持者の体を思いやったりはしないからだ。

「先ほどからの超反応は魔剣に操られての動きですわね？　あんなことを続けていたら体が壊れるですわよ？」

「ふっふっふ……私は我が友に血を捧《ささ》げられればそれでいいのだ！」

「正気ではありませんわね！」

言いながらミアはまた魔弓を放つ。

正面からの攻撃は通じない。

そんなことはわかっていた。

それでもミアは放ち続ける。

ここでエイブラハムを止めておくことがマリアンヌの安全に直結するからだ。

だが。

「時間切れのようだ」

「なにを……」

「私の部下たちは意外に優秀らしい」

そう言ってエイブラハムはミアの後方を見た。

そこには拘束されているマリアンヌがいた。

先に帝国領へ入っていた部下たちに先回りをされたのだ。

供回りがいないのは斬られたからだろう。

「くっ！」

一瞬、マリアンヌに気を取られた隙にエイブラハムの魔剣がミアを襲う。

咄嗟《とっさ》に馬から飛び降り、ミアは距離を取る。

だが、エイブラハムは地を這《は》うようにしてミアに接近した。

そしてエイブラハムの両手がミアの両手を捕らえる。

「これで自慢の弓は使えまい」

「そちらこそ自慢の魔剣が使えないのでは？」

「こちらには部下がいる。構わん、放て」

「!?」

ミアが周りを見ると、エイブラハムの部下たちが弓を構えていた。

そして一拍遅れて無数の矢が二人を襲う。

ミアが受けた矢は六本、対してエイブラハムが受けた矢は十本以上。

だが、エイブラハムは気にした様子もなく魔剣をミアに向けた。

「もはや痛みも感じませんの……！」

咄嗟に弓を構えるが、その弓の間に刃《やいば》が潜り込んでミアの肩に食い込む。

痛みに顔をしかめながらミアは魔弓を放つ。

だが、それはエイブラハムの上を通り過ぎていった。

「お前の負けだ」

「ぐっ！」

肩に刺さった魔剣を引き抜き、エイブラハムはミアの右足を突き刺した。

耐えきれずにミアはその場で倒れこんだ。

「ああ……我が友よ……やはり強者の血は美味《うま》いか……」

陶酔するエイブラハムを見ながら、部下たちは近づかない。

近づくことができないのだ。あまりに不気味で。

その間にミアは立ち上がろうとするが、それを許すエイブラハムではなかった。

「おっと」

「ぐっ……」

立ち上がろうとしたところを蹴られ、再度、ミアは地面に倒れる。

それを見てマリアンヌが叫んだ。

「やめなさい！　狙いは私だけのはず！」

「仮面はつけておらずとも、魔弓使いの強者となればこの娘が朱月の騎士《ヴァーミリオン》であることは決定的だ。あなた以上の価値があると言える」

「ならば嬲《なぶ》るのはやめなさい！　軍人としての誇りはないのですか!?」

「誇りある人間は裏切ったりしない。あなたも私も誇りとは無縁の人間だ」

「くっ……！」

マリアンヌは悔しさに血が滲《にじ》み出るほど唇を噛《か》んだ。

悔しかった。

足手まといの自分も、言い返すことができない自分も。

無力感に包まれ、兵士に摑《つか》まれた腕を振りほどく抵抗もできなくなった。

零《こぼ》れ落ちる涙を止められない。

だが。

「下を向くのはやめなさい……裏切り者にだって誇りはありますですわ……」

「ミアさん……」

「間違っていないと信じているなら……顔を上げなさい……自分の行いを否定しては駄目ですわ……あなたを信じてついてきた人たちまで間違っていることになってしまいますですわ……」

ミアは立ち上がり、弓をエイブラハムへ構える。
左肩と右足をやられている。
しかも矢が背中やわき腹に刺さっていた。
万全とは程遠い。
それでもミアはありったけの力で魔法の矢を放った。
「馬鹿の一つ覚えが」
エイブラハムはやはりその矢を弾いた。
だが、同時に空から別の矢が降ってきた。
それはエイブラハムの自動防御を掻《か》い潜《くぐ》り、的確に後頭部へ命中した。
その瞬間、ミアは後ろを振り向いてマリアンヌの傍《そば》にいる兵士たちを射抜いた。
「走って……!!」
逃げろという意味だとマリアンヌにはわかった。
それでもマリアンヌは逃げたくなかった。
ここでミアを見捨てることがとても罪深いことに思えた。
しかし、冷静な部分が自分など役立たずだと言っていた。
逃げることがミアのため。
わかっていた。
けれど、足が動かない。

そんな中、小さな鳴き声が聞こえた。

それは藩国では聞かない鳴き声だった。

それを聞いた瞬間、マリアンヌは足を動かした。

前へと。

「王女様……」

「ごめんなさい」

マリアンヌは謝罪しながらミアとエイブラハムとの間に立った。

よろよろと起き上がったエイブラハムは怒りに満ちた目でミアとマリアンヌを睨《にら》む。

「小賢《こざか》しい手だ……外した矢を空に待機させていたか……だが、仕留めきれなかったな」

「私を逃がそうとしなければ、ミアさんはあなたに止《とど》めを刺せた。あなたの負けです」

「一騎打ちならそうかもしれないが……これは戦闘だ。我々の目標は王女の亡命阻止。あなたがこちらに走ってきた時点で、我々の勝利ということだ」

高笑いしながら、エイブラハムは魔剣を構える。

「我が友は高貴な血に興味があるようだ。その血はどんな味かな？」

「私の血をお望みなら差し上げましょう。ですが、代償はあなたの命です」

「怖い怖い。どうやって私の命を取るつもりで？」

「これは戦闘です。あなたに味方がいるように、こちらにも味方が来ることもある」

エイブラハムはマリアンヌの希望的観測を嘲笑《あざわら》うが、その瞬間。

空からひときわ大きな鳴き声が聞こえてきた。

エイブラハムが見上げた空には白い飛竜が舞っていた。

17

魔法なんか使わなくても俺の馬は速い。軍馬を商人に売り込むために厳選した駿馬《しゅんめ》の一頭だからだ。

俺の後ろを走るマルクがそう進言してくるが、却下の代わりに俺はさらに馬の速度を上げた。

「殿下！　飛ばしすぎでは⁉」

乗馬技術に劣る俺でも十分すぎるほどの速度が出る。

周りを走るのは近衛《このえ》騎士たち。彼らにとってこういう状況は珍しくない。

しかもエルナに鍛えられた第三近衛騎士隊だ。護衛対象に後れを取るようなことはない。

だが、後ろに続く騎士たちはそうもいかない。

「距離が開いてきたわね……」

エルナが後ろを見ながら呟《つぶや》いた。

騎士の一団と先頭を走る俺たち。

少しずつ差が出始めた。

だが、後ろに合わせている時間はない。

彼らは準備もなしに走り出した。感じる疲労はこちらの比ではないだろう。状況がわからないからだ。

それでも頑張ってもらうしかない。

「馬の問題というより、騎士たちのほうが問題ね。言葉をかけてあげたら？」

「俺の言葉で出るやる気なんてたかが知れている。彼らは東部の騎士だぞ？」

北部の騎士ならいざ知らず、東部の騎士では俺の言葉に力はない。

可能性があるとすればユルゲンが声をかけるくらいか。しかし、ユルゲンもギリギリだ。

道案内をしている伝令の少年、テッドはすでに近衛騎士の馬に移されている。

ユルゲンは俺たちの少し後ろだ。

全員、あまり余裕がない。

そんな風に思っていると後ろから聞こえてくる音が一気に増えた。

振り向くと騎士の一団がこちらに近づいていた。

「追いついたわね？　なぜ？」

「率いる人が現れたんだろう」

騎士たちの先頭。

そこには青いマントの女性がいた。

俺たちより遅れて出発しただろうに、もう追いついたのには舌を巻く。

「いきなり出陣とは礼儀のなってない奴《やつ》だ。私に一声くらいかけていけ」

「リーゼ姉上なら追いつくと思ったんですよ」

騎士たちが奮起した理由は、彼らの先頭にリーゼ姉上が立ったからだ。

東部の騎士にとって東部国境を預かるリーゼ姉上はただの皇族じゃない。

崇拝の対象だ。

そんな人が自分たちの前を走れば、遅れるものかと奮起もする。

「どうした？　ユルゲン、息が上がっているぞ？」

「演技です……！　お構いなく……！」

どうにか俺たちと合流したユルゲンは荒い息を吐きながら、見え見えの嘘《うそ》をつく。

だが、嘘で終わらないのがこの人らしい。

ただの意地だろうが、リーゼ姉上に遅れるものかと食らいついている。

「それで？　何事だ？」

「王女の亡命が早まりました。すでに追手に追われているそうです」

「一大事だな」

「ええ、なので俺が出陣しました。国境での戦闘は戦争の開始を意味します。責任を負えるのは俺だけですから」

「……私に任せればいいものを」

「代官は皇帝の名代……その責任は果たすつもりです」

「ふっ……なら見させてもらおうか。お前の責任とやらを」

そう言ってリーゼ姉上は少し馬の速度を落とした。

その気になれば俺を追い抜けるだろうに、ここは俺に合わせてくれるらしい。

まぁこれ以上速度を上げたら本格的に騎士たちを置いていくことになるからな。

そしてしばらく強行軍が続く。

夜が明け、朝になっても俺たちは走り続けた。

速度だけを重視した結果、なんとか国境付近までたどり着いた。

そこで俺たちは意外なものを見つけた。

「殿下……あの一団は……？」

「民だな」

俺たちの目に飛び込んできたのは二百名ほどの一団だった。

見るからに疲れ果てているが、それでも前を向いて歩いていた。

「爺《じい》さん!!」

近衛騎士の馬に乗っていたテッドが大きな声を上げた。

俺はすぐにその一団のほうへ進路を取る。

「知り合いだな？」

「はい！」

テッドが示したのは大柄な老人だった。

その手には弓があり、一瞬こちらに向けた。

それだけで近衛騎士たちが警戒したのを見れば、相応の実力者だということがわかる。

「爺さん！　みんな！　無事か‼」

テッドは近くまで来ると、馬から降りて老人に駆け寄って抱き着く。

そして後ろにいた子供たちも順番に抱きしめていった。

感動的な場面ではあるが、重要な人物がいない。

「帝国第七皇子アルノルト・レークス・アードラーだ。藩国の王女の亡命と聞いてきたが、王女はどこに？」

「これは……ご無礼を」

老人が膝をつくと民たちも一斉に膝をついた。

この老人がここまで導いたんだろう。

「私はトラヴィスと申します。王女殿下は私たちとは別のルートを使い、お逃げになられました」

「つまり……敵の追手は王女側に集中したということか？」

「はい。私たちは数名の兵士に襲われただけです」

本来ならこちらが囮《おとり》になるはずだ。

だが、そうはならなかった。

この場にミアがいないということは、ミアは王女の傍か。

「殿下、民まで亡命してくるなど聞いてはいません。これだけの人数を受け入れるとなると、さすがに陛下へお伺いしなければ……」

「俺が責任を持つ。全員受け入れろ。保護は騎士たちに任せろ」

「ですが……」

「ついでみたいなものだ！　それともなんだ？　帝国はこの程度の人数も受け入れられないほどの小国だったか!?」

「問題になります。一度受け入れたら次も受け入れることに」

「構わん。帝国で暮らせないなら藩国に送り届ければいい。こちらが勝ったあとでな」

進言してきたマルクはため息を吐《つ》いて引き下がる。

帝都の貴族はうるさいだろうな。

いくら全権代官でも父上に何も言わず、受け入れるのはやりすぎだ。

だが、今はそんなことに構ってはいられない。

敵の追手がミアたちに集中したとなれば、本当に一刻を争う。

一番早いのは空からだが、近衛騎士隊だけを行かせると責任がエルナに向かいかねん。

言い訳なんていくらでもできるが、俺のせいでエルナの立場はそこまでよくはない。さらに悪化させるのはさすがにまずい。

なんてことを考えていると空から一頭の白竜が降下してきた。

「遅れて申し訳ありません。伝令に出ていたので」

そう言って降りてきたのはフィンだった。

たしかにフィンは伝令として北部を飛び回っていた。

わざわざ引き返してきたのか。

良い判断だ。

「リーゼ姉上、騎士たちの指揮を任せます」

「お前はどうする？」

「空から国境へ」

そう言うと俺は降下してきたばかりのフィンの手を借りながら、飛竜の背に跨《またが》った。

「エルナと近衛騎士は続け！　保護のために騎士たちの一部を残してください！」

「わかった。私たちはお前たちを目印に追う」

「頼みます！」

「アルノルト皇子！　ミア姉を！」

「任せろ！」

そう言って俺は空から国境へ向かったのだった。

■■■

もはやテッドの案内はない。

空から国境付近を探すことになるが、ここでフィンが活《い》きた。

「ノーヴァに人の匂いを追わせます！」

「できるのか？」

「昔、訓練したことがあります。偵察ぐらいしか生きる道はなさそうだったので」

「いいぞ！」

あまり笑えない理由だが、おかげで道案内は必要なかった。

フィンとノーヴァのコンビは空を自由に飛び、国境近くの平原へ向かった。

そしてノーヴァが鳴く。

「近いです！　奇襲しますか？」

「降下しろ！　状況が不明すぎる！」

見えてきたのは千人ほどの部隊に包囲されている二人の少女。

俺たちは少し小高い丘の上に着地した。

俺たちの後を追っていたリーゼ姉上たちはまだ到着しない。

「俺は帝国第七皇子、アルノルト・レークス・アードラーだ。我が国の領内で一体、何をしている？」

言いながら俺は一歩だけ前に出る。

目に映るのは血を流して倒れるミアと、そんなミアを守るように両手を広げる少女。

おそらく彼女が藩国の王女だろう。

「これはこれは。皇子殿下が直々にお越しとは」

「答えろ……何をしている？」

「脱走兵の始末です」

「そこの二人の少女が脱走兵だと？」

「そうです」

指揮官らしき男がいけしゃあしゃあとそう告げた。

帝国領内に入った脱走兵を追ってきただけ。

そんな説明でこの場を逃れようと思っているんだろう。

「信じると思っているのか？」

「信じたほうがご自身のためでは？　藩国に戦争を仕掛けるのは入念な下準備を終えてから。そういう話になっているはず。ここで我々と交戦すれば、国境で睨《にら》み合う両軍も動き出しますよ？」

「だから、どうした？」

「帝国は帝位争いで忙しいはず。あなたも皇帝陛下に睨まれたくはないでしょう？」

今すぐぶん殴ってやりたい。

そんな俺の後ろでマルクが小声で告げた。

「奴は帝国軍から藩国へ亡命したエイブラハム大佐です。魔剣を扱う危険な男だとか」

「元帝国軍人か……なら俺の評判を聞いたことがあるな？」

「もちろん。出涸《でが》らし皇子というのは有名でしたから。しかし、それは仮初《かりそめ》の姿だった。本気

を出したあなたは北部全権代官に任じられるまでになった。失いたくはないはずだ。その地位を」

「何もわかっちゃいないな？　俺にとって父上に睨まれるなんて日常茶飯事だ。ここで戦争を始めても、俺はなんら構わんぞ？」

　言いながら俺はエルナに目を合わせる。

　それで俺の考えを察したエルナは小さく頷《うなず》いた。

「戦争？　ご自慢の近衛《このえ》騎士が数名と竜騎士が一名。いくら何でも無謀では？」

「近衛騎士の力を知らないわけじゃないだろ？　たかが千人程度で相手になるか？」

「大した自信だ。しかし、こちらには人質がいることをお忘れなく。もうわかっていると思いますが、ここにいるのは藩国のマリアンヌ王女。救えずに死なせたとなれば大問題だ」

「救えなきゃ、な」

　そう俺が言った瞬間。

　強い風がマリアンヌとミアを包み込み、そのまま二人を浮き上がらせた。

　エルナの風の魔法だ。離れた場所から人を正確に浮かせるのは、相当高度な技術だが、エルナにとっては大したことではない。

　剣術だけで神童と言われているわけではない。

「ちっ！」

　エイブラハムがさせまいと動くが、それをフィンが制した。

無数の雷撃によってエイブラハムの動きが止められる。

「阻止しろ！　渡すな！」

「もう遅い」

マリアンヌとミアは兵士たちの手が届かない高さまで上がって、こちらまで運ばれてきた。

無事に着地すると、マリアンヌは俺のほうに駆け寄って膝をついた。

「アルノルト殿下！　藩国王女マリアンヌが殿下に救援を求めます！　どうか我が国を圧政からお救いください！　私はそのために帝国へ亡命いたします！」

「承知した」

これで大義名分は手に入れた。

帝都のうるさい貴族たちを黙らせるには十分だ。

「返していただこう……藩国の王女は藩国のものだ」

「そうか……だが、彼女は亡命した身だ。諦めろ」

「はいそうですかと引き下がると？」

「引き下がれ。今なら見逃してやる」

退《ひ》いてくれるならそれに越したことはない。

ミアの怪我《けが》が思ったより重そうだ。

近衛騎士たちが険しい顔で治療に当たっている。

できればすぐに治療の専門家のところに運びたい。

だが、さすがに相手も退かない。

「返さないと言うなら戦争ですな」

「そうか……なら交渉の余地はない。お前らは皆殺しだ。よく覚えておけ――帝国には一度迎え入れた者を追い出す習慣はない」

脳裏によぎるのはかつて見た皇帝の姿。

それを俺は真似《まね》ることにした。

18

俺の宣告にエイブラハムは嗤《わら》う。

そして右手をさっとあげた。

それだけで千人の部下たちが臨戦態勢に入った。合図があれば突撃してくるだろう。

「ご立派だが、皆殺しにされるのはあなた方のほうだ。逃げないのは朱月の騎士《ヴァーミリオン》を気遣ってでは？」

「逃げないのは逃げる必要がないからだ。だが、気遣っているのは認めよう」

「なるほど。では取引はどうです？　王女をこちらへ。そうすれば見逃しましょう」

「記憶力が悪いようだな？　もう一度言ってやろう。帝国には一度迎え入れた者を追い出す習慣はない」

かつて同じ言葉を皇国の使者に対して父上はぶつけた。

あの日のことはよく覚えている。

玉座の間の隅から眺めた皇帝の姿は憧れるには十分なかっこよさがあった。

それでも目指すことはしなかった。

俺にとって皇帝は見るものだったから。

威風堂々とした皇帝。それが玉座に君臨するのを見ていたかった。

かつてはそれが長兄なのだと思っていた。

今はレオがそうなると思っている。

だが、レオを皇帝にするには困難が多い。

勇爵との約束もある。俺はレオ以上に危険視されなきゃいけない。

それは俺の流儀には反するが、やらなきゃレオに危険が及ぶ。

それならやるだけだ。

かつて見た偉大な皇帝の姿を自分に重ねる。

それは周りに夢を見せた長兄に繋《つな》がる姿であり、レオが目指す姿でもある。

「それでは戦争となります。負傷した朱月の騎士を庇《かば》いながらでは、近衛騎士たちも厳しいのでは？」

余裕の表情だ。

ブラフと見ているんだろう。

かつての大使もそうだった。

舐《な》められている。弱気な皇子だと思われているんだ。

だから打算も怠け癖も全部、心の奥に封印する。

俺は皇帝の名代。この北部においては皇帝に等しい。

舐められるのは帝国が舐められるということだ。

断じて許されることではない。

「帝国の近衛騎士に対して理解が足りないようだな？　彼らは近衛だ。護《まも》ることこそ彼らの本分だ。千人程度で突破できるというならやってみろ」

「私に脅しは通じませんよ？」

「もっと簡単に言わないとわからないか？　かかってこいと言っている」

真っすぐにエイブラハムを見据えたまま、俺はゆっくりと前に出た。

「俺は北部全権代官！　この北部において皇帝に全権を預かった！　ゆえに‼　この領内に流れ着いた民は俺の領民だ！　今、この時、北部で助けを求める民は俺が庇護《ひご》するべき民だ！　誰にも譲る気はない！　欲しいというなら奪うがいい！　だが、奪うというなら相応の覚悟を持ってくるのだな！　帝国の騎士は藩国の騎士ほど甘くはないぞ！」

俺の言葉を受けて、エルナと近衛騎士たちが剣を抜く。

そこでエイブラハムはようやく俺の傍《そば》にいるエルナが、勇爵家の者だと気づいたようだ。

「なるほど……アムスベルグが傍にいるから強気だったか……だが、いくら神童とはいえこの数はいかんともし難いはず！　守る対象が多すぎるからな！　それとも聖剣を使わせますか？

藩国相手に聖剣を使えば非難は免れませんぞ！」

「貴様ら相手に聖剣など使わん。自惚《うぬぼ》れるな」

「ならばどうすると？　帝国の権威に我らが屈するとでも⁉」

そう言ってエイブラハムが部下たちに合図を出した。

だが、部下たちは走り出さない。

聞こえてきたからだ。

大量の馬の足音が。

「お前らが屈するのは帝国の権威ではない……帝国の武威だ！」

同時にリーゼ姉上が俺の隣に現れた。

そして後ろから続々と騎士たちが到着してきた。

その数、三千は下らない。

「間に合ったか。あとは任せろ」

「いえ……これは俺の戦争です」

リーゼ姉上が好戦的な笑みを浮かべ、前に出るが、それを俺は制した。

少し驚いたようにリーゼ姉上が俺を見つめた。

「全軍突撃態勢！　敵は藩国軍！　これより我々はマリアンヌ王女の要請に応じ、藩国との戦争に入る！　これは藩国の民を救う戦いだ！　民を顧みない王に！　私腹を肥やす貴族たちに！　守るべき民を守らない騎士たちに！　誇りと名誉の強さを教えてやれ！　皇帝の名代としてアルノルト・レークス・アードラーが命じる‼　藩国を討て‼」

右手を掲げ、振り下ろす。

今か今かと待ちわびていた騎士たちが一斉にエイブラハムたちに対して突撃を敢行した。

数では圧倒していたはずだったのに、一気に逆転された藩国軍は脆《もろ》いものだった。

「ちっ！　撤退！　藩国領内まで下がれ！」

そうエイブラハムが指示を出すが、そんな撤退を遮るように新たな騎士の一団がやってきた。

あらかじめ後ろを取るルートを選んでいたのだろう。

その先頭にはハルバードを構えた小柄な男性がいた。

「ラインフェルト家の騎士たちよ！　奮い立て！　伝令の少年は必死に駆けた！　ならば我らもまだまだ駆けられるはずだ！」

ユルゲンはそう騎士たちを鼓舞すると、先頭に立って突撃した。

撤退ルートを封じられ、包囲される形になった藩国軍は終始劣勢だった。

そんな中、リーゼ姉上がゆっくりと馬を進める。

「……リーゼ姉上」

「奴《やつ》はエイブラハム大佐。元帝国軍人だ。私が処罰を下す」

「そうですか」

俺はそれだけ言うと押し黙った。

すでに戦闘が起きている以上、無駄話は必要ないだろう。

リーゼ姉上に釘《くぎ》をさすのはその後でもできる。

そう思っていたのだが。

「アル……私はこの戦争をヴィルヘルム兄上の敵討ちと位置付けていた。だが、お前は違うのだな」

「怒りがないと言えば嘘《うそ》になりますが……過去のことです。俺たちは今を生きている。ならば今に目を向けるべきでしょう。助けを求める民がいます。帝国の怒りを恐れる民たちです。彼らには罪はありません。生まれる場所は選べないのですから」

リーゼ姉上は空を見上げる。

そして。

「そうだな……その通りだ」

「なら……」

「……亡きヴィルヘルム兄上の名において誓おう。私はお前の望む戦いをする。民を救い、悪辣な王と貴族を罰する。それで……いいのだな」

「はい。感謝します」

「感謝するのは私のほうだ。今のお前を見ていると懐かしい気分になる。少しヴィルヘルム兄上に似てきたか？」

「弟ですから」

「そうか」

リーゼ姉上は小さく笑みを浮かべると、剣を引き抜いた。

戦況は膠着《こうちゃく》状態だ。

エイブラハムが騎士たちを寄せ付けないからだ。

「……アル、私の中にある激情は消えない。憤怒の炎はいまだに燃えている。きっと死ぬまで消えないだろう。だが、抑えることはできる。誰かにぶつければいい」

「そうですね」

「……ヴィルヘルム兄上は良い人だった。なぜ良い人が死ぬのか？　あのような恥知らずな輩《やから》が存在するからだ。誇りも名誉も持ち合わせてないケダモノだ。理不尽な怒りを浴びせられても文句は言えまい……！」

声が震えている。

内に秘めていた激情をリーゼ姉上は解放したのだ。

そして。

「道を空けろぉぉ!!」

リーゼ姉上は馬を走らせ、敵のど真ん中に突撃していったのだった。

俺はそんなリーゼ姉上を魔法で追う。

怒号を聞いて騎士たちは大慌てで道を空けた。

一本の道がリーゼ姉上の前にできた。

その道を駆け抜け、リーゼ姉上はエイブラハムに剣を振り下ろす。

「元帥自らとは……帝国の皇族の血はさぞ美味《うま》いのでしょうな！」

リーゼ姉上は何も言わず、連続で斬撃を繰り出すが、エイブラハムもそれを受ける。

だが、受け方がおかしい。

まるで剣のほうが反応しているようだ。

「魔剣に乗っ取られたか……！　その下種《げす》さも魔剣というなら納得だ！」

「どうとでも！」

リーゼ姉上とエイブラハムはしばらく互角の攻防を繰り広げた。

その間に藩国軍の兵士たちはことごとく討ち取られた。

逃がした敵もいないし、国境の藩国軍が動くまでにはまだ時間があるだろう。

あとはエイブラハムだけだ。

そのエイブラハムだが、さきほどから周りを気にしている。

このままリーゼ姉上と打ち合ってもらちが明かないと思っているんだろう。

だが、周りは騎士に囲まれている。

「余所見《よそみ》とは余裕だな！」

「私は藩国と命運を共にする気はないのでね！」

瞬間。

エイブラハムがリーゼ姉上に背を向けた。

そして騎士の包囲網に突っ込む。

騎士はエイブラハムを阻止しようとするが、エイブラハムの魔剣が騎士たちを自動で斬っていく。

だが、そのエイブラハムが止められた。

目の前に立ちはだかったユルゲンによって。

「な、に……⁉」

「魔剣を持っている割には軽いな？」

ユルゲンはエイブラハムの魔剣に対してハルバードを振り下ろし、力業で動きを止めたのだ。

単純な力比べに持っていかれ、エイブラハムは動きを止めざるをえなかった。

しかし、動きを止めれば待っているのは地獄だ。

「邪魔をするな！」

エイブラハムはユルゲンのハルバードを弾《はじ》き返すと、魔剣を振り下ろそうとする。

だが、それは叶《かな》わなかった。

代わりに魔剣を持ったエイブラハムの腕が宙に舞う。

「ああ……！　我が友！」

「誰に刃《やいば》を向けているかわかっているのか？」

エイブラハムは振り返り、体を硬直させた。

リーゼ姉上が激情のままに剣を振るう体勢に入っていたからだ。

「私には様々な情報が！」

「頭《ず》が高い」

リーゼ姉上は聞く耳を持たずにエイブラハムの首を突き刺し、そのまま地面に縫い付けてしまった。

エイブラハムは致命傷だ。

もはや治療も間に合わない。

「無事か？　ユルゲン」

「もちろんです。リーゼロッテ様」

「あまり無茶《むちゃ》をするな」

「帝国公爵として逃げるわけにはいきません」

「では、次からは私の傍を離れるな」

そう言ってリーゼ姉上は剣を引き抜く。

エイブラハムに起き上がる気配はない。

こうして国境での戦いは終わりを告げたのだった。

19

「北部全権代官、アルノルト・レークス・アードラーがリーゼロッテ元帥に命じる。東部諸侯連合軍ならびに北部国境守備軍を率いて藩国へ侵攻せよ」

「委細承知した」

俺からの命令を受けたリーゼ姉上は、ついてきた騎士たちと共に北部国境守備軍と合流しにいった。

まだエイブラハムの失敗を藩国軍は知らない。

知れば間違いなく先制攻撃を仕掛けてくるが、今そのチャンスはこちらにある。

すでに伝令は出した。

北部国境守備軍を暫定的に預かるハーニッシュ将軍は、素知らぬ顔で侵攻準備を始めるだろう。

リーゼ姉上が到着したと同時に侵攻開始だ。

貴族の調略は済んでないが、マリアンヌ王女の無事は確保できた。敵に動揺が走ることは間違いないし、リーゼ姉上が国境の藩国軍を撃破すれば、向こうからすり寄ってくるはずだ。

藩国については心配ない。もはや時間の問題だ。

それよりも。

「容態は？」

「芳《かんば》しくないわ……」

「そこまでか？」

「傷もかなり深いけれど、問題はそこじゃないわ。あの魔剣の効力ね。治癒魔法の効果が邪魔されているの」

ミアの傷は思った以上に深かった。

左肩と右足を貫かれ、矢もあちこちに突き刺さっていた。

「私の部下が使う治癒魔法は自然治癒力を増幅させるものよ。それで傷を塞ぐの。けど、あの魔剣の効果が邪魔して、傷がなかなか塞がらないわ」

「傷が塞がらなくなる効果か……」

原理はどうあれ、結果は明らか。

面倒な魔剣もあったものだ。

すでに魔剣は厳重に保管されている。持ち主を操る魔剣なんて、そうはない。どうしてエイブラハムがそんなものを手に入れられたのか、そこも調べる必要がある。

やることはたくさんあるが、今は手につかない。

「とにかく助けてくれ」

「全力を尽くすわ。けど、私たちは回復の専門家じゃない。どこまでやれるか……」

「帝都まで持つか？」

「無理ね。出血が止まらないんだもの。なんとか止めようとはしてるけど……」

阻害する何かが注入されたのか、そういう魔力が働いているのか。

どっちにしろ強力な治癒魔法が必要となる。

俺が全力で発動させれば打ち破れそうな気もするが、今使えば正体がバレるのは間違いない。

どうにか隙を見つけないとまずい。

最悪、無理やりでもシルバーとして現れるべきか。

なんて思っていると。

「アルノルト皇子」

くぐもった声で俺の名が呼ばれた。

振り返ると青い仮面の男がそこに立っていた。

いつの間にか後ろに立っていたその男に、これまたいつの間にか剣を抜いていたエルナが警戒をあらわにする。

「何者かしら？」

「ファーター、藩国の義賊だ」

「義賊？　あなたが？」

ミアは一介の義賊としては破格の強さを持っていた。

だが、このファーターはそれを軽く上回る。

それがわからないエルナではない。

「怪しむなら藩国の王女に確認すればいい」

「エルナ。剣を収めろ、味方だ」

「味方には見えないわ。私、仮面には不信感があるから」

「それでも味方だ。少し二人で話せるか？　ファーター」

「そうしたいと思っていたところだ」

エルナの不満そうな視線を浴びながら、俺は用意されていた天幕にファーターを誘ったのだった。

■■■

「さて、ミアに関しては全力で治療に当たっている。それが聞きたいことでいいか？　ファーター、いや……ジャック」

「シルバーからすべて聞いているのか？」

「元々、藩国内での後方かく乱はシルバーに頼んだものだ。断られたが、代わりにＳＳ級冒険者の協力を取り付けたのには驚いた。もっと驚いたのは、ミアがＳＳ級冒険者の娘だったということだがな。しかし、その縁で協力してもらえた。感謝する」

「帝国のためにしたわけじゃねぇ」

仮面を取って、ジャックが椅子に座りながら肩を落とす。

わかっている。

すべてミアのためだ。

「約束通り、これから逆侵攻だ。真っ先に貴族たちは処罰されるだろう。これでミアが義賊を続ける理由はなくなる」

「……生きていれば、な」

「聞いていたか……無傷で保護できなかったことは申し訳ない。すべてこちらの責任だ」

「藩国の王女に亡命を早めろと勧めたのは俺だ……王都からの追手を俺が引き受ければ問題ないと思っていた……」

「だからこれまで姿を見せなかったのか。王都の守備隊はどうした？」

「ほぼ壊滅させた」

「ありがたい話だな。帝国にとっては」

言いながら俺は立ち上がる。

話は以上だ。

ジャックとしても長話をする気分ではないだろう。

「アルノルト皇子……」

「近衛《この　え》騎士には俺から伝えておく。会いたくなったら会いにいけばいい。ただ……この場でできる治療には限りがある。全力は尽くすが、期待はあまりしないでくれ」

「……感謝する」

短く答えたジャックは、そのままそこで頭を抱えて下を向いた。

ジャックが王都の守備隊を抑えなければ、ミアたちはずっと追手に追われただろうし、マリアンヌ王女に協力した貴族も無事では済まなかっただろう。

全体の被害としては最小限に済んだ。

だが、ジャックがミアの傍《そば》にいれば今回のようなことにはならなかった。

もちろん、それをミアが受け入れたかどうかはわからないが。

後悔してもしきれないんだろう。

守れるだけの力があったなら余計だ。

無力感はよくわかる。

どれだけ強くなっても大切な人を助けられないなら、何の意味がある？

そこから立ち直るのに俺はレオの助けが必要だった。

過去の自分とジャックを重ねながら、俺はその場を後にしたのだった。

■■■

夜。

俺はミアが治療を受けている天幕に来ていた。

近衛騎士たちは休まずに治療を続けていた。

傷が塞がらないにしても、治癒魔法を定期的にかけていけば出血を抑えられる。

だが、それだけだ。

「様子はどうだ？」

「残念ながら……打てる手はもう……」

「そうか……少し外してもらっても平気か？」

「あまり長い時間は取れません」

「構わない」

そう言って俺は近衛騎士たちをその場から外させた。

それに合わせてジャックも仮面をつけて現れた。

何も言わず、俺は天幕に入る。

ベッドの上でミアが眠っていた。

傷口には包帯が巻かれている。今はまだ治癒魔法の効果が少し働いているんだろう。

そんなミアにフラフラとジャックは近づき、目の前で膝をついた。

恐る恐る手を取って、その手に額を当てた。

「……駄目な親だと思わないか？」

「どうだろうな。子供の感じ方は人それぞれだ」

「……良い親なわけがない。この子が生まれた時、俺は父であることを放棄した。妻にすべてを任せ、冒険者としての自分に傾倒したんだ。誰かに頼られる強い冒険者でいるほうが楽だった。そんな俺を妻は見限った……」

「……」

「でもな……妻と妻の父、俺の師匠には感謝しかない……俺が育てていたらこんな娘には育たなかっただろうさ……誰かを守れる子に育ってくれた……」

否定はしないらしい。

ミアの生き方を。

あくまで責めるのは自分か。

よほどの大悪人でもないかぎり、何もかも自分のせいなんてことは起こりえない。

だが、無力感に苛《さいな》まれたジャックにとってそんな風に思うことは自身が許さない。

無力な自分が一番悪い。

沈む背中はひどく小さく見える。

「……どうして俺には誰かを治す力がないんだろうな……」

「……かつて俺も同じことを思った」

「そうか……どうやって立ち直った……？」

ジャックは仮面を外し、俺のほうを見てきた。

涙が頬《ほお》を伝っている。

ジャックほどの男が人前で泣くとはな。

それだけ大切なんだろう。

やっと見つけた娘だ。当然か。

俺はポケットから水の入った小瓶を取り出し、静かにミアの口の中に垂らす。

「それは……？」

「ただの水だ。大した効果はない。俺たちにとっては」

「どういうことだ……？」

問いかけるジャックに対して、俺は苦笑する。

仕方ない。

自分と重なりすぎた。

それに遅かれ早かれ、ジャックは点を繋《つな》げて線にしてしまうだろう。関わりすぎた。

ならば誤魔化《ごまか》すのに一役買ってもらうとしよう。

「実はSS級冒険者だったファーターが、高価な薬を飲ませた。それによってミアの傷は良くなった。そういう筋書きだ」

「何を言っている……？」

「どうやって立ち直ったかと聞いたな？　それでも自分の力は無駄ではないと思い、無力に打ちひしがれる人を助けようと思った。俺の魔法は――決して無駄ではないのだと」

そう言って俺はまずは遮蔽結界を張ると、そこで治癒結界をミアのために展開する。

魔力消費の大きい結界型の治癒魔法。だが、今回はあまり魔力を消費しなかった。この程度の消費なら許されるだろう。

しばらくの間、治癒結界を維持し続ける。

ミアの傷が少しずつ癒えていく。俺の治癒結界によって魔剣の効力が消滅したからだ。

そこで俺は結界を解いた。完全に治してはさすがに驚かれる。

「まさか……治ったのか……？」

「完全ではない。だが、これで近衛騎士たちの治癒魔法でも問題ないだろう」

「……」

ジャックはミアの手を両手で摑《つか》み、声もなく涙を流した。

そんなジャックに背を向けて、俺は天幕を後にしようとする。

だが、ジャックが俺を呼び止めた。

「待て……」

「なんだ？　ああ、お前の正体は明かす。近衛騎士たちには、な。色々と聞かれる前に姿を消したほうがいいと思うぞ？」

「わかった……言う通りにしよう……感謝する……シルバー」

「何の話だ？」

「……ありがとう……アルノルト皇子」

「どういたしまして」

そう言って俺は天幕の外に出る。

すると、俺の後ろにセバスが現れた。

「お説教か？」

「まさか……SS級冒険者であるジャック殿は帝位争いからは遠い存在です。そしてミア殿が唯一の弱点でもあります。そのミア殿のために骨を折れば、大きな貸しとなります。正体を知っても固く口を閉ざすでしょうし、良い策かと」

「そういうことにしておこう」

「そういうことにしておきましょう」

セバスの言葉に俺は苦笑しながら答えると、セバスも苦笑しながら応じた。

結果的には良かった。

だが、結果的に悪くても同じことをしただろう。

あそこで打算を優先させ続ければ、ミアの容態は悪くなる一方だった。

ジャックを引き離す努力をするのも面倒だ。

ジャックとしてもそんなことをすれば不満だろう。

結局、これが一番良かった。

俺の気持ち的にも。

無力感に苛まれたジャックは、かつての俺だった。

見捨てるわけにはいかない。

「さて、エルナに事情を話しにいくか」

そう言って俺は軽く伸びをしながら歩きだす。

翌日、事情を知ったエルナがジャックの姿を探したが、どこにもジャックの姿はなかった。

SS級冒険者が帝国に協力したとばれれば、大問題だ。

ゆえに近衛騎士の手柄とするように言い含め、この一件について俺は喋《しゃべ》ることを禁じた。

これで一件落着。

　そう思い、ゆっくりとツヴァイク侯爵領の屋敷に戻った俺を待っていたのは父上からの手紙だった。

「マリアンヌ王女を伴い、帝都に帰還せよ、か……」

「これを無視するわけにはいきませんな」

「一難去ってまた一難だな……」

　やれやれとため息を吐《っ》き、俺は手紙を机の上に放り投げた。

　父上がマリアンヌをどういう風に扱うつもりなのか？

　それによっては色々と動くことになるだろう。

　だが、どうであれ一度会わないと話にならない。

「帰るぞ、帝都に」

「かしこまりました」

　そう言って俺は帝都に戻ることを決めたのだった。

エピローグ

Epilogue

「なんとか怒られない方法はないかなぁ」

屋敷の一室。そこで俺はフィーネの紅茶を飲んでいた。

俺の一言にフィーネは苦笑する。

「皇帝陛下はアル様を怒ったりはしないかと」

「そう思うか？」

「はい。功績をあげたことを誇りに思っているかと」

「どうかな？　まぁ、やらかしを功績で帳消しってところか。とはいえ、ちょっとの説教は覚悟しないと……」

あー、嫌だ嫌だ。

説教が避けられないとわかっているのに、帰らないといけないとは。

「今回ばかりは無視もできないしなぁ」

マリアンヌは亡命してきた立場だが、特に帝国の要人と繋がりがあるわけじゃない。せいぜい、宰相と少し繋がりがある程度。

後ろ盾が必要で、俺はその後ろ盾にならないといけない。

「陛下もアル様に会いたがっていますから。帰って差し上げましょう」

「フィーネは物事を良いように言う天才だな」

「本当のことです。私も……アル様にお会いしたかったです。なにかお手伝いしたかった。だから、北部に来られて嬉《うれ》しかったのです。少し違うかもしれませんが……陛下は純粋にアル様にお会いしたいのだと思いますよ」

フィーネらしい優しい言葉。

不思議なもので、そう言われると顔見せに帰るか、という気分になる。

「最近思うんだが」

「なんでしょうか？」

「君はどんどん俺を乗せるのが上手《うま》くなってるな」

「そうでしょうか？　でも、それだけアル様を理解できているということですね。嬉しいです」

邪気のない笑顔。

それを見て、俺も笑いながら紅茶を飲む。

ふと、リーゼ姉上の言葉が脳裏によぎる。

貴族や大臣はマリアンヌとの結婚話を推し進める。その候補は俺だ。

意中の者がいるなら伝えておけ。

そう言われて、俺は、結構です、と断った。

意中の者などいなかったから。けれど。

この穏やかな空間を手放したくはない。そう思うのも事実だ。

俺は、フィーネの傍《そば》を居心地が良いと感じているのだ。

だが、フィーネを意中の者と告げれば、それはそれで面倒なことになる。

だから、現状維持が一番いい。

それが都合のいいことだとわかってはいるけれど。

「おかわりはいかがです？」

「ああ……貰《もら》うよ」

ここだけが暗躍する俺の心が休まる場所だから。

我儘《わがまま》をどうか許してほしい。

最強《さいきょう》出《で》涸《が》らし皇子《おうじ》の暗躍《あんやく》帝位《ていい》争《あらそ》い13
無能《むのう》を演《えん》じるSSランク皇子《おうじ》は皇位継承戦《こういけいしょうせん》を影《かげ》から支配《しはい》する

著　タンバ

角川スニーカー文庫　24113
2024年４月１日　初版発行

発行者　山下直久
発　行　株式会社KADOKAWA
〒102-8177 東京都千代田区富士見2-13-3
電話　0570-002-301（ナビダイヤル）

印刷所　株式会社暁印刷
製本所　本間製本株式会社

◇◇◇

●お問い合わせ
https://www.kadokawa.co.jp/（「お問い合わせ」へお進みください）
※内容によっては、お答えできない場合があります。
※サポートは日本国内のみとさせていただきます。
※Japanese text only

Printed in Japan　ISBN 978-4-04-114773-3　C0193

★ご意見、ご感想をお送りください★
〒102-8177 東京都千代田区富士見 2-13-3
株式会社KADOKAWA　角川スニーカー文庫編集部気付
「タンバ」先生「夕薙」先生

角川文庫発刊に際して

角　川　源　義

第二次世界大戦の敗北は、軍事力の敗北であった以上に、私たちの若い文化力の敗退であった。私たちの文化が戦争に対して如何に無力であり、単なるあだ花に過ぎなかったかを、私たちは身を以て体験し痛感した。西洋近代文化の摂取にとって、明治以後八十年の歳月は決して短かすぎたとは言えない。にもかかわらず、近代文化の伝統を確立し、自由な批判と柔軟な良識に富む文化層として自らを形成することに私たちは失敗して来た。そしてこれは、各層への文化の普及滲透を任務とする出版人の責任でもあった。

一九四五年以来、私たちは再び振出しに戻り、第一歩から踏み出すことを余儀なくされた。これは大きな不幸ではあるが、反面、これまでの混沌・未熟・歪曲の中にあった我が国の文化に秩序と確たる基礎を齎らすためには絶好の機会でもある。角川書店は、このような祖国の文化的危機にあたり、微力をも顧みず再建の礎石たるべき抱負と決意とをもって出発したが、ここに創立以来の念願を果すべく角川文庫を発刊する。これまで刊行されたあらゆる全集叢書文庫類の長所と短所とを検討し、古今東西の不朽の典籍を、良心的編集のもとに、廉価に、そして書架にふさわしい美本として、多くのひとびとに提供しようとする。しかし私たちは徒らに百科全書的な知識のジレッタントを作ることを目的とせず、あくまで祖国の文化に秩序と再建への道を示し、この文庫を角川書店の栄ある事業として、今後永久に継続発展せしめ、学芸と教養との殿堂として大成せんことを期したい。多くの読書子の愛情ある忠言と支持とによって、この希望と抱負とを完遂せしめられんことを願う。

一九四九年五月三日